CULTURBOOKS

KATHRYN SCANLAN

BOXENSTART

ROMAN

AUS DEM ENGLISCHEN
VON JAN KARSTEN

Gärtnerstraße 122, 20253 Hamburg
Tel. +49 40 31 10 80 81
info@culturbooks.de
www.culturbooks.de

Übersetzung: Jan Karsten
Redaktion: Zoë Beck, Lisa Hödl
Herstellung: Klaus Schöffner
Korrektorat: Johanna Seyfried
Umschlaggestaltung: Cordula Schmidt Design, Hamburg
Druck und Bindung: CPI – Clausen & Bosse, Leck
Printed in Germany
1. Auflage 2024
ISBN 978-3-95988-243-9

Für Sonia

EINS

EINGEGIPST

Ich wurde am 1. Oktober 1962 geboren. Ich wurde in Dixon City, Iowa, geboren. Ich wurde mit einer ausgerenkten Hüfte geboren. Der Arzt meinte, ich würde niemals laufen können. Meine Mutter sagte: Nein, da muss es doch etwas geben. Also wurde ich von der Brust an abwärts eingegipst, bis auf eine kleine Stelle, an der meine Mutter eine Windel anlegen konnte. Ich war fünf Monate da drin. Dann bekam ich einen Gips an jedes Bein, mit einer Stange dazwischen, dazu diese speziellen Schuhe. Am Ende konnte ich laufen. Das hab ich Dr. Johnson zu verdanken. Meine Mutter sagte immer: Wenn Dr. Johnson nicht gewesen wäre.

DER ALTE MANN

Die Gegend, in der wir lebten, war arm, aber wir hatten alles, was wir brauchten, um uns die Zeit zu vertreiben. Wir hatten die Goldfischteiche, wir hatten den Motorradberg, wir hatten die Mülldeponie, wir hatten Fahrrad-Jenny. Wir bauten uns Flöße für den kleinen Fluss. Wir lebten mit dem, was das Land uns gab.

Weiter die Straße runter wohnte eine Familie, die aus dem Reservat hergezogen war – Großvater, Kinder, Enkelkinder.

Die Enkelkinder waren in unserem Alter, und wir verbrachten viel Zeit mit ihnen. Der Großvater erzählte mir gern von seiner Religion, seinem Glauben. Ich liebte seine Geschichten und Erzählungen. Ich nannte ihn Großpapa.

Der alte Mann – er war sehr beliebt, aber er trank gern. Seine Tochter und ihr Ehemann sperrten ihn aus dem Haus aus, wenn er betrunken war. Ich sagte dann: Großpapa kann bei uns bleiben, ich schlafe im Zimmer meiner Schwester, damit er meins haben kann. Also übernachtete der alte Mann in meinem Zimmer und ging nach Hause, wenn er wieder nüchtern war.

Seine Tochter und ihr Ehemann mochten es nicht, dass Großpapa trank, aber sie tranken auch. Sie tranken und gingen aufeinander los, und ihre Kinder kamen rüber zu uns, und wir riefen die Polizei. Wir sahen vom Schlafzimmerfenster aus zu, wie die Polizei vorfuhr und sie in Handschellen abführte. Einmal wurde der Ehemann mit Stichverletzungen auf einer Trage abtransportiert.

ES WAR NICHT SEINE SCHULD

Als ich sechs war, bekamen wir einen großen Hund, aber der Hund sprang ständig an mir hoch und riss mir im Vorgarten die Hose runter. Es war nicht seine Schuld – er war nicht kastriert, und ich hatte die richtige Größe.

Nach einer Woche brachte meine Mutter den Hund zu dem Mann zurück, der ihn uns geschenkt hatte. Ich weinte wie verrückt, als ich nach Hause kam, und der Hund war weg.

Dann kannte mein Onkel einen Mann, der ein Shetlandpony loswerden wollte, aber es war ein Hengst. Mein Onkel lieh sich trotzdem einen Anhänger und brachte das Pony zu uns nach Hause. Wir wohnten zur Miete in einem billigen Haus mit einem klapprigen, kleinen, weißen Lattenzaun. Wir banden das Pony an einen Betonklotz im Vorgarten, wo es viel Gras zu fressen gab.

Eines Tages kamen ein paar Mädchen auf ihren Stuten vorbeigeritten, und der Ponyhengst brüllte seinen Paarungswillen heraus. Ich griff mir sein Halfter, aber er trat mich gegen die Hauswand. Meine Mutter hielt den Betonklotz fest, um ihn aufzuhalten, aber stattdessen wurde sie von ihm die Straße entlanggeschleift – es war wie Skilaufen auf dem Asphalt. Schließlich hielt ein Autofahrer an, um zu helfen, und gemeinsam zogen sie das Pony nach Hause. Meine Mutter hatte Schürfwunden und Beulen und am ganzen Körper Blutergüsse.

Direkt danach war das Pony weg.

MILK BONES

Regina, das Nachbarsmädchen, war so alt wie ich – wir ernährten uns von Hundekeksen, Milk Bones. Wir aßen Brotscheiben direkt aus der Tüte.

Als ich mich eines Morgens für die Schule fertig machte, war niemand da. Ich malte mir den roten Lippenstift meiner Mutter auf und zog ihre Kleider und hochhackigen Schuhe an.

In der ersten Klasse drückten mich acht Mädchen gegen meinen Spind und riefen: Haut sie, haut sie! Ich wollte mich nicht prügeln, aber als eine von ihnen auf mich losging, kickte ich meine High Heels weg und zeigte es ihr.

Sie brachten uns ins Büro des Schulleiters, und später kam meine Mutter dazu. Das Mädchen hatte Kratzer im Gesicht und ein blaues Auge. Ich dachte, sie würden mich ins Gefängnis stecken. Meine Mutter fragte: Sind das meine Schuhe?

FAHRRAD-JENNY

Bevor ihr Mann starb und das Haus abbrannte, arbeitete Fahrrad-Jenny bei Crockers, dem Schlachthof. Von ihrem Haus war nur noch ein verbranntes Betonloch im Boden übrig. Darin lebte sie.

Sie fuhr ein Fahrrad mit einem kleinen Karren dran, auf dem sie säckeweise Haferflocken aus der Stadt herbeischaffte. Auf dem Rückweg machte sie oft bei uns halt, weil wir viel Löwenzahn im Garten hatten. Den pflückte sie und kochte ihn dann.

Sie trug Männerhemden, knallroten Lippenstift, knallrotes Rouge. Ihr Gesicht war von Wind und Wetter gezeichnet. Sie war nicht besonders groß, aber ziemlich stämmig. Im Sommer trug sie ein Kopftuch und im Winter Wollmützen, eine Kapuze, mehrere Schichten übereinander, große Herrenmäntel und warme Herrenstiefel.

Sie war eine großartige Gärtnerin. Dr. Cheltington und einige andere aus den reicheren Vierteln heuerten sie für die Gartenarbeit an. Sie konnte alles zum Wachsen bringen; diese Gärten waren nur wegen ihr so prachtvoll.

Wenn sie zu einem nach Hause kam, konnte man sie noch am nächsten Tag riechen. Bei warmem Wetter badete sie in den Bächen oder Seen, aber im Winter stank sie gewaltig. Für die meisten Jungs im Viertel war Fahrrad-Jenny, die ein Bad in einem Goldfischteich nahm, die erste nackte Frau, die sie zu Gesicht bekamen.

Sie hatte wahnsinnig viele Hunde – kläffende kleine Chihuahuas – und einen Maschendrahtzaun, damit sie nicht wegrannten. Ich spreche von sechzig, siebzig Chihuahuas, ohne Übertreibung. Sie selbst sagte immer, sie hätte hundert.

Wenn sie in die Stadt gegangen war, liefen wir rüber. Wir bahnten uns unseren Weg über den Zaun und durch die Hunde und sahen uns um. Von den Bäumen hingen mit Wäscheklammern befestigte Kabel herab. Unten in ihrem Loch im Boden standen eine altmodische Badewanne und ein kleiner gusseiserner Campingkocher. Dort waren Reagenzgläser mit Gummistöpseln, kleine blaue Fläschchen, Gläser mit Gelee, das sie aus den Himbeeren in ihrem Garten gekocht hatte. Es gab auch ein paar leuchtend rote Beeren. Jemand meinte, die seien wahrscheinlich giftig.

Fahrrad-Jenny hatte die Erlaubnis, zu uns ins Haus zu kommen und sich Wasser zu holen, wann immer sie es brauchte. Sie füllte ihre Milchkannen in unserem Waschbecken und transportierte sie in ihrem Anhänger ab. Wenn es schneite, benutzte sie einen Schlitten.

Wenn unsere Eltern zu Hause waren, hatten wir keine Angst vor ihr, aber wenn wir allein waren und sie auftauchte, dann schon. Sobald meine Schwester und ich sie kommen sahen, versteckten wir uns unter dem Bett. Wir lauschten und warteten darauf, dass die Haustür aufging.

Während sie am Waschbecken das Wasser abfüllte, führte sie Selbstgespräche. Ihre Stimme war ganz hoch und brüchig, so unheimlich wie die einer Hexe. Sie trug ihre großen Männerarbeitshandschuhe, einen Hut und noch einen Hut, und normalerweise steckten auch immer ein paar Chihuahuas in ihrem Mantel.

Fahrrad-Jenny sagte oft: Schaut mal, was ich hier habe, und dann zog sie sie aus ihren Taschen. Sie hielt die Welpen in Erdbeerkörbchen.

Eines Sommers lief uns eine streunende Katze zu und bekam Babys. Da war so ein kränkelndes kleines orangenfarbenes Kätzchen dabei, dessen Kopf ständig von einer Seite zur anderen kippte. Als es knapp weg von der Brust war, zeigte ich es Fahrrad-Jenny und sagte: Guck mal, mein kleines Kätzchen, mit seinem Kopf stimmt was nicht. Sie antwortete: Gib mal her, mal sehen, was ich tun kann.

Ich dachte: Dieses Kätzchen werden wir nie wiedersehen. Irgendwann vergas ich es fast. Ich glaube, da waren noch andere Kätzchen. Ich erinnere mich nicht daran, mir Gedanken oder Sorgen gemacht zu haben.

Ich weiß nicht, wie viel Zeit verging – vielleicht ein paar Wochen. Aber dann, ich lag gerade in der Hängematte, erschien Fahrrad-Jenny und sagte: Hier ist jemand, der dich sehen will. Ich weiß nicht, was sie gemacht hat, und ich weiß nicht, wie sie ihre kleinen Hunde davon abgehalten hat, sie zu töten, aber der Katze ging es gut, und sie konnte den Kopf aufrecht halten. Ausgetauscht hatte sie das Kätzchen nicht – es war orange und hatte drei auffällige weiße Flecken. Keine zwei Katzen haben die gleiche Zeichnung.

Ein paar Monate später harkten meine Schwester und ich mit unserer Mutter Laub, als ein Krankenwagen vorbeifuhr und kurz darauf Polizeiautos. In unserer Straße gab es nicht viel Verkehr, und wir waren neugierig – wir liefen rüber. Wir hörten Geschrei und Weinen und Hundegebell. Da waren ganz schön viele Rettungskräfte. Sie sagten, sie kümmert sich nicht um sich selbst. Sie sagten, so können Menschen nicht leben. Es waren mehrere große Männer nötig, um sie in den Krankenwagen zu kriegen. Die Hunde rannten überall herum und wurden mit langstieligen Netzen eingefangen. Wir schrien und weinten auch.

Sie brachten sie in ein Heim in Comstock, Iowa. Ich wollte immer hinfahren und sie besuchen. Sie lebte noch lange in diesem Heim, sie war fast hundert, als sie starb. Ich habe immer noch den Zeitungsausschnitt mit ihrer Todesanzeige. Meine Mutter hat ihn in einem Album aufbewahrt. Ihr Name war Marla Weaver. Sie stammte ursprünglich aus Chesterfield, glaub ich.

Unten in dem Loch im Boden lagen stapelweise Decken und Schlafsäcke für Fahrrad-Jenny. Aber die Hunde – Chihuahuas sind winzige Dinger mit ganz dünnem Fell – wieso sind die im Winter nicht erfroren? Als Kind kam mir so was nicht in den Sinn, aber jetzt denke ich darüber nach – wie haben diese Hunde überlebt?

Würde mir das jemand erzählen, ich würde ganz sicher sagen: Du bist völlig verrückt. Chihuahuas? In einem Loch? Im Winter, in einer Badewanne? In Iowa?

ZWEI

JOCKEY

In der Schule fragten ständig alle, was wir werden wollten, wenn wir groß sind. Ich sagte, ich will Jockey werden und Rennpferde reiten. Die Lehrer waren besorgt. Aber Jockeys sind klein, und ich würde einmal recht groß werden. Man riet mir: Leg dir Bücher auf den Kopf, dann hörst du auf zu wachsen. Also lief ich mit Büchern auf dem Kopf herum. Ich nahm die schwersten, die ich finden konnte.

An den Wochenenden gingen meine Eltern mit uns auf die Rennbahn in Jackson. Mein Vater ging zum Wetten rein, und meine Mutter wartete draußen mit mir und meiner Schwester. Wir lehnten an den Rails und sahen uns die Rennen an.

ES GAB NICHTS ANDERES

Was wünschst du dir zu Weihnachten, was wünschst du dir zum Geburtstag, was wünschst du dir als Belohnung?

Ein Pferd!

Wir durften es nicht und hatten auch kein Geld, aber meine Schwester und ich fuhren mit den Rädern zu allen Häusern in der Nachbarschaft und fragten: Haben Sie Pferde zu verkaufen, oder: Kennen Sie einen Ort, an dem wir Pferde halten können, oder: Kennen Sie jemanden, der ein Pferd zu verkaufen hat, und wenn ja, für wie viel?

Keith Baxter besaß einen Stall in Dixon City, da konnte man ein Pferd stundenweise mieten. Als meine Mutter mit mir zum ersten Mal hinging, setzte mich Baxter auf ein riesiges Pferd namens Joe. Ich sagte: Ich will lieber auf dem da reiten, und zeigte auf ein kleines Pferd, das ganz allein auf der Koppel stand. Baxter antwortete: Wenn du Joe nicht reiten kannst, kannst du Rowdy erst recht nicht reiten.

BÄMM!

Rowdy war ein kleiner Mustang aus Black River, North Dakota – ein Paint Horse, braun und weiß gescheckt, einfach wunderschön. Wir hatten eine Verbindung, wir beide. Ich habe ihn mir jedes Mal zum Reiten ausgewählt.

Melvyn Abernathy war in Dixon City ein bekannter Trickreiter mit einer Gruppe Palominos. Manchmal fuhr Melvyn raus nach Black River und trieb ein paar Wildpferde zusammen und lud sie auf seinen Trailer. So brachte Melvyn Rowdy mit.

Als Melvyn versuchte, mit dem Pferd zu arbeiten, brannte Rowdy immer wieder durch – Melvyns Zäune waren zu niedrig –, also verkaufte er ihn an Keith Baxter. Aber auch dort war Rowdy nicht gerade beliebt – er warf jeden ab, der versuchte, ihn zu reiten. Ich bin oft gestürzt, aber ich bin immer gleich wieder aufgestiegen.

Es gibt doch diese alten Fotos mit dem Cowboy und dem Hund – sie sehen aus, als würden sie schlafen, und das Pferd trottet so vor sich hin. So war Rowdy nicht. Sobald er merkte, dass du nicht aufpasst – bämm!, schon lagst du auf dem Boden. Er war nervös und schnell. Er erschrak oft. Er war sensibel. Es lag an seiner Abstammung.

ICH HATTE MEINE PROBLEME

Er war ein kleines Pferd, also fiel ich nicht tief. Zuerst ritt ich ihn in Baxters großer Reithalle. Ich fiel runter und stieg wieder auf, und Baxter schüttelte den Kopf. Dann sagte er eines Tages: Okay, du kannst jetzt auf die Straße raus. Ich ritt mit ein paar Leuten vom Stall am Straßengraben des Highways entlang. Autos mit röhrendem Auspuff fuhren vorbei, und Rowdy warf mich ab. Fasane sprangen aus dem Gebüsch, und Rowdy warf mich ab.

Rowdy warf mich ab und rannte zum Stall zurück, aber als ich es leid war, drei Meilen zu Fuß zurück zu Baxter zu laufen oder mit einem anderen Mädchen zu zweit auf einem Pferd zurückzureiten, lernte ich, auf ihm sitzen zu bleiben. Ich achtete auf seine zuckenden Ohren und darauf, wie sich sein Körper anfühlte. Wenn er sich anspannte, redete ich mit ihm. Ich konnte mir keinen Sattel leisten, also ritt ich ohne, was die Beine stärkte und mir half, das Gleichgewicht zu halten.

Jedes Mal, wenn ich den Rasen mähte oder Arbeiten am Haus erledigte, gaben mir meine Eltern einen Dollar, damit ich Rowdy reiten konnte. Wenn ich kein Geld hatte, ging ich trotzdem hin, um ihn zu bürsten und mit ihm zu reden.

Einmal, an meinem Geburtstag, durfte ich ihn für fünf Stunden am Stück reiten. Wir packten was zu essen ein, das Pferd und ich, und ritten raus ins Gelände. Rowdy kniete sich ins Gras, und ich sprang ab. Er scharrte im Bach und wälzte sich im Wasser. Wir aßen unsere Leckereien und dösten im Schatten eines großen Baumes.

MEIN PAINT HORSE

Eines Tages sagte Keith Baxter: Weißt du, ich werde das Pferd verkaufen. Er sagte, es solle hundert Dollar kosten.

Ich rannte nach Hause und putzte das Haus, versuchte, mich gewaltig einzuschleimen, bevor meine Mutter von der Arbeit kam. Sie arbeitete sehr hart, und mein Vater arbeitete sehr hart – er war ein Veteran aus dem Koreakrieg. Sie zahlten fünfundsiebzig Dollar Miete für das Haus, in dem wir wohnten.

Meine Mutter sagte: Frag deinen Vater. Mein Vater sagte: In einer Woche hast du ihn satt und rennst stattdessen den Jungs hinterher.

Dann fragte meine Mutter Gary Goldberg, was er davon hielt. Gary war ein großartiger Pferdekenner mit einem Stall in Storyville, ein paar Meilen entfernt. Wenn es zu heiß war oder zu viele Fliegen gab, weigerte sich Gary, ein Pferd zu vermieten, während Keith Baxter das Geld nur allzu gern einsteckte. Gary Goldberg sagte zu meiner Mutter: Das halte ich für keine gute Idee.

Eine Woche später ritt ich Rowdy, ich weinte, weil ich dachte, ich würde ihn zum letzten Mal sehen. Baxter und meine Mutter standen am Rand der Koppel und beobachteten mich. Dann legte sich Baxter eine gewölbte Hand an den Mund und rief: Na, was hältst du von deinem neuen Pferd?

Von da an mussten wir für die Unterbringung des Pferdes aufkommen – wir ließen es bei Keith stehen – und auch für Futter, Sattelzeug und den Tierarzt. Meine Mutter hat viel in ihrem eigenen kleinen Leben geopfert, damit ich das Pferd haben konnte.

ZIEMLICH LUSTIG, EIN ECHTER CLOWN, EIN STÖRRISCHER MISTKERL

Jede freie Minute verbrachte ich im Stall. Wenn wir wegen eines Blizzards früher aus der Schule nach Hause durften, machte ich mich sofort auf den Weg durch den Schnee. Es waren fünf Meilen – ich fuhr mit dem Fahrrad, bis es mir gestohlen wurde. Danach ging ich zu Fuß oder fuhr bei anderen Leuten aus dem Stall mit.

Wenn die Schule meine Mutter anrief, weil ich nicht aufgetaucht war, wusste sie, dass sie zuerst bei Baxter nachsehen musste. Dort saß ich dann auf meinem Paint Horse und ritt mit einem breiten Grinsen im Gesicht durch die Gegend.

Wenn ich gute Laune hatte, stellte mich Rowdy manchmal auf die Probe. Wenn ich in Eile war, ließ er sich nicht von mir einfangen. Er brachte mir Vertrauen bei; er brachte mir bei, nicht zu sehr zu vertrauen. Ich lernte, immer ein wenig misstrauisch zu bleiben.

Die anderen Mädchen im Stall konnten ihre Pferde mit dem Schlauch abduschen, aber ich musste Rowdy mit einem Zwanzig-Liter-Eimer Wasser ein Schwammbad verpassen. Er gewöhnte sich nie an den Schlauch – der machte Geräusche wie eine Schlange.

Mein Pferd konnte erkennen, wenn ich einen schlechten Tag hatte. Wenn ich im Stall oder auf der Weide saß und weinte, stupste Rowdy mich mit dem Kopf an, bis ich lachen musste. Wenn ich mit ihm ausritt und nur daran dachte, dass ich etwas schneller werden wollte, wurde er schon schneller. Er sah mich immer an, und ich ihn auch.

Wenn die Eltern nicht miteinander auskommen, wenn sie sich streiten, wenn es gewaltig kracht – du hast dein Pferd. Wenn etwas schlecht lief, ging ich zum Pferd, und dann wurde es jedes Mal besser. Deshalb sage ich immer, mein Pferd hat mich großgezogen.

DREI

EINE KLEINE AUFZIEHUHR

Als ich sechzehn war, schrieb ich Briefe an Pferdetrainer und Rennbahnen. Ich hatte ihre Namen und Adressen aus den Rennprogrammen, die ich sammelte. Ich schrieb ihnen, dass ich auch für Kost und Logis arbeiten würde, um die Grundlagen zu lernen.

Ich erhielt einen Anruf von einem kleinen Stall in Denton, Iowa – BT Beauregard, Buford Beauregard und sein Bruder Lester. Sie besaßen drei Vollblüter und ein Quarter Horse. Ich verbrachte den ganzen Sommer während der Schulferien bei ihnen auf der Farm – bei Bud und Lester und ihrem Freund Riley Walker aus Tindall.

Ich lernte, wie man Pferden Bandagen anlegt und ihnen Schweifknoten flicht. Ich lernte, ihre Beine zu massieren, um die Durchblutung anzuregen.

Ich hatte eine kleine Aufziehuhr. Wenn sie mir auftrugen, jedes Bein fünf Minuten zu massieren, dann half mir meine Uhr, dass ich das auch sicher tat.

Ich hatte ein Lieblingspferd – Buckin' Bones. Oh, ich liebte dieses Pferd. Ich liebte alle meine Pferde. Ich verbrachte den ganzen Tag mit ihnen. Alle nannten mich Bones.

KURZE BÜGEL

Ich lernte, durch die Maisfelder zu galoppieren. Oft waren da Fasane oder Rehe, die plötzlich aufsprangen und die Vollblüter erschreckten. Ich ritt mit kurzen Bügeln wie ein Jockey. Man benutzt einen leichten, kleinen Sattel mit einer flachen Hinterzwiesel, und man steht in den Steigbügeln – das nimmt Gewicht vom Rücken des Pferdes und verlagert es auf seine Lenden und Schultern. Man benutzt lange Zügel und verknotet sie zu einem ganz bestimmten Kreuz. Lesters Tochter brachte mir bei, wie das Kreuz zu machen war und wie ich meine Schultern aufrecht und meinen Rücken gerade hielt. Es hat mit dem richtigen Gleichgewicht zu tun, der richtigen Kontrolle, und man muss das Maul schonen – man benutzt ein Ringgebiss oder eine Wassertrense, sanfte Gebisse, keine zu scharfen.

Es ist eine Kunst zu wissen, wie viel Pferd man noch unter sich hat. Bei einem Langstreckenrennen kann man in Führung liegen, aber dann geht einem das Gas aus. Kein Pferd kann die ganze Zeit im Vollsprint laufen. Wenn man mit einem Pferd arbeitet, das auf Langstreckenrennen spezialisiert ist, macht man lange, langsame Galoppaden, um ihm die nötige Luft zu verschaffen. Man sorgt dafür, dass es bis zum Ende durchhält.

SANDBAHN, FLACHES LAND, MARODE GEGENGERADE

Wenn wir ein Pferd für ein Rennen in Jackson, South Dakota, nannten, durfte ich dabei sein. Wir fuhren am Abend vorher hin, schliefen in einer Stallbox auf der Rennbahn und ließen unser Pferd am nächsten Tag laufen. Ich saß in Old Buds Truck in der Mitte zwischen Bud auf der einen und Riley Walker auf der anderen Seite. Old Bud paffte eine seiner scheußlichen Zigarren, von denen ich würgen musste. Wir zogen den Anhänger hinter uns her, und wenn wir ankamen, standen unsere Stallboxen bereit – eine für das Pferd, eine für Bud, eine für Riley und eine für mich.

Ich war vorher schon oft mit meinen Eltern in Park Jackson gewesen, aber jetzt war ich in den Stallungen. Ich lernte neben den Leuten aus Denton noch andere Rennbahnmenschen kennen. Ich stand mit Buckin' Bones bei der Siegerehrung und ließ mich fotografieren.

Park Jackson war eine offiziell anerkannte Rennbahn, die einzige mit Totalisator im ganzen Bundesstaat, aber das Geläuf war unterste Schublade – kaum besser als offenes Grasland. Es war hinterwäldlerisch. Aller möglicher Scheiß ging da vor sich. Trotzdem, hier haben ein paar gute Pferde und ein paar gute Trainer ihre ersten Erfahrungen gesammelt.

Natürlich gibt es die Bahn nicht mehr. Jetzt veranstalten sie dort Motorradrennen.

ICH MACHTE KAUM MAL PAUSE

Als die Saison zu Ende war, ging ich nach Hause zurück. Die Schule hatte wieder angefangen, aber in meiner Freizeit las ich jedes Buch über Rennpferde, das ich in die Hände bekommen konnte: über Fütterung und über Konditionierung und Intervalltraining und selektive Zucht und Linienzucht, über Hufpflege und Anatomie. Wenn es wieder losging, wollte ich besser vorbereitet sein.

Im Sommer darauf übertrugen Bud und Lester mir die Verantwortung für Park Jackson – ich versorgte ihre Pferde auf dem Rennbahngelände. Manchmal waren es vier, manchmal drei. Ich war die ganze Woche dort, allein. Ich machte alles. Sie gaben mir einen Trainingsplan, und ich führte die Anweisungen aus. An den Wochenenden fuhren sie von Denton hoch, um sich die Rennen anzusehen.

Ich hab mich ganz gut geschlagen. Sehr erfolgreich. Wir waren bestimmt fünfundsechzig, siebzig Prozent der Zeit im Geld – also auf dem ersten, zweiten, dritten oder vierten Platz –, was fantastisch ist.

Ich wohnte mit anderen Rennbahnleuten in einem Trailerpark. Mein Wohnwagen war über eine Meile entfernt. Vier Uhr war Fütterung – ich hatte kein Auto. Bereits um Viertel nach drei machte ich mich im Dunkeln querfeldein auf den Weg.

Den ganzen Tag arbeitete ich auf der Rennbahn. Ich war nie woanders. Die meisten hielten es so. Ich machte höchstens mal Pause, um mir in der Rennbahnküche etwas zu essen zu holen. So schnell wie möglich war ich wieder bei den Pferden. Die Leute wussten, dass ich mit Leib und Seele dabei war.

Ich war als Coca-Cola-Kid bekannt, weil mir jeder einen Drink spendieren wollte, um mich betrunken zu machen, aber ich mich immer für einen Softdrink entschied. Das soll nicht heißen, dass ich es nicht auch mal übertrieb – aber es war selten. Du sagst Ja zu einem Drink, und plötzlich hast du zwanzig weitere vor dir stehen, und zwanzig Leute, die dir sagen, du sollst austrinken.

NICHTS SCHÖNES

Diese Rennbahn-Wohnwagen waren abgeranzt, richtig verwahrlost – nichts Schönes.

Eine Gans lebte dort. Sobald man einen Fuß vor die Tür setzte, kam sie angelaufen und – bämm! – hackte sie einem von hinten ins Bein.

Es gab auch Ziegen. Einmal war ich krank und legte mich ins Bett, bei geöffneter Tür, weil es so heiß war – es gab keine Klimaanlage, nur einen Ventilator –, und als ich aufwachte, stand eine Ziege neben mir und kaute an meinem Ärmel.

Hinter meinem Schlafplatz lag ein Kuhstall, und nachts hörte ich sie muhen.

Immer wenn es regnete, lief das Wasser überall rein – scheiß Eimer um Eimer, Kübel um Kübel um Kübel.

Meine Eltern kamen zu Besuch, nachdem mir ein Pferd fast den Finger abgebissen hatte. Als sie ankamen, sah sich mein Vater erst mal überall um. Er fragte: Was zum Teufel hat das Fleischermesser auf dem Fensterbrett zu suchen?

Stimmt, ich hatte dieses Messer. Dieses Fleischermesser. Es lag immer griffbereit. Man kann nie wissen.

DER SCHLÜSSEL ZUM QUARTER POLE

Wenn du noch grün hinter den Ohren bist und unbedingt etwas lernen möchtest, sagt vielleicht jemand zu dir: Geh doch mal zu Stall sechs und frag, ob du ihren Sattelstrecker ausleihen kannst. Also gehst du zu Stall sechs und sagst: Biff Gifford möchte wissen, ob er sich deinen Sattelstrecker leihen kann. Und die Person in Stall sechs sagt: Ich habe ihn Stall neun gegeben, dort kannst du ihn abholen. Du gehst zu Stall neun, aber dort schickt man dich zu Stall zwölf und ruft dir hinterher: Wenn du schon dabei bist, kannst du mir den Schlüssel zum Quarter Pole mitbringen? Du läufst hin und her, von Stall zu Stall, aber so etwas wie einen Sattelstrecker oder einen Schlüssel zum Quarter Pole gibt es gar nicht.

Ein Typ wusste, dass ich Angst vor Mäusen hatte, also fing er welche und steckte sie in meinen Futtersack. Um vier Uhr morgens öffnete ich im Halbschlaf den Deckel, steckte meine Hand in den Sack und sechs Mäuse sprangen auf meinen Arm. Ich schrie wie am Spieß, er lachte sich kaputt.

Oder sie stecken dein Pferd zu einem anderen Pferd in die Box, um dich aus der Fassung zu bringen, oder nehmen dein Pferd und stellen es in die Führanlage und fragen: Wo ist denn dein Pferd, ja wo ist es denn? Sie verarschen dich, besonders wenn du neu bist, und bald machst du das auch mit anderen Leuten.

RICHTIG VIEL BLUT

In Park Jackson liefen die billigeren Pferde, aber viele von ihnen waren mal ziemlich wertvoll gewesen. Früher sind sie um vierzig-, fünfzigtausend Dollar gelaufen, aber inzwischen waren die meisten so kaputt, dass man sie in einem Verkaufsrennen für fünfzehnhundert bekommen konnte.

Die meisten Rennpferde bluten während des Rennens aus der Lunge. Sie können nicht gewinnen, weil sie an dem aufsteigenden Blut fast ersticken. Es gab mal ein Medikament, das den Blutdruck gesenkt hat, aber es wurde verboten, weil sich damit andere Substanzen verschleiern ließen.

Einige der alten Hasen in Park Jackson wickelten glatten Draht um die Schwanzwurzel, um den Blutfluss einzuschränken. Andere zapften mit einer großen Spritze Blut aus dem Hals des Pferdes und spritzten es in eine Milchkanne, bis die Kanne voll war. Manchmal fiel so eine Kanne um, und das ganze Blut verteilte sich auf dem Boden.

Ein Trainer machte das besonders gern. Er zapfte so viele Spritzen mit Blut ab, dass die Leute schon witzelten: Hey Joe, warum ist dein rechter Daumen eigentlich so viel größer als der linke?

SCHRAUBEN UND MUTTERN

Die Pferde bekamen das beste Futter, und sie liefen gern, aber ein paar von ihnen wurden nur noch von Schrauben und Muttern zusammengehalten. Ihre Beine – man nennt sie Räder: Dieses Pferd hat ein schlechtes Rad. Könnte sein, dass es eine Schraube im Knochen hat. Könnte sein, dass das Knie auf die Größe meines Kopfes angeschwollen ist. Dann sagst du zu dem Reiter: Sieh bloß nicht nach unten, Jock!

Bricht sich ein Pferd ein Bein, wird es normalerweise eingeschläfert. Manchmal lösen sich die Beine sogar ganz vom Körper. Es ist nicht so, dass man ein gebrochenes oder sogar ein abgetrenntes Bein nicht richten kann. Bei wertvollen Pferden hat man wahre Wunder vollbracht – einige haben Prothesen. Aber tiergerecht ist das nicht immer. Wenn es sich um einen Wallach oder ein Pferd handelt, das gerade mal einen Tausender wert ist, wird man nicht viel unternehmen, um es zu retten. Es wäre viel zu teuer.

Ich war sieben, als ich zum ersten Mal sah, wie ein Pferd mitten auf der Rennbahn zusammenbrach. Ich konnte sehen, wie es eine Spritze bekam. Dann befestigte die Crew das tote Pferd mit einer langen Kette an einem alten Traktor und zog es vor aller Augen von der Bahn. Das war 1969 in Park Jackson.

Mittlerweile benutzen sie einen Unfallwagen. Sie stellen einen großen Vorhang auf und schaffen das Pferd auf den Hänger – selbst mit einem gebrochenen Bein bugsieren sie es hinein. Sie bringen das Pferd hinter die Stallungen und tun, was sie tun müssen.

EIN GROSSES LOCH

Manchmal brachen drei oder vier Pferde in einem Rennen zusammen, weil das Geläuf in Park Jackson nicht den Standards entsprach, aber vor allem, weil viele der Pferde eigentlich viel zu kaputt waren, um überhaupt Rennen laufen zu können. In der Nähe war ein Reservat, und wenn ein Schimmel eingeschläfert werden musste, kamen die Winnebago und schnitten den Schweif ab. Sie färbten das Haar und benutzten es für ihre Trachten.

Der Abdecker kam jeden zweiten Montag. In der Zwischenzeit stapelten sich die Kadaver in einem Abwassergraben direkt hinter der Haupttribüne. Jeden Tag musste ich auf dem Weg vom Wohnwagen zum Stall und zurück an diesem großen Loch vorbei. Die Beine der Pferde ragten in die Höhe, und dieser Gestank ...

Als ich eines Samstags gerade eins der Beauregard-Pferde vom Stall zur Startmaschine ritt, warf ich einen Blick auf den Abwassergraben. Ein Pferd war früher am Tag nach einem bösen Sturz eingeschläfert worden, aber jetzt versuchte es aufzustehen. Es mühte sich erfolglos ab, weil beide Vorderbeine gebrochen waren. Die anderen Reiter drehten sich um, sie wollten wissen, was ich da anstarrte. O Gott, sagte jemand, es lebt ja noch. Der Tierarzt hatte es nicht richtig eingeschläfert. Wir mussten ihn noch einmal rufen, damit er die Sache zu Ende brachte.

An Renntagen kamen Priester auf die Bahn und segneten die Beine der Pferde, aber oft genug brachte es nichts.

ICH SAH IHN JEDEN TAG

Gegen Ende des Sommers wachte ich eines Nachts in meinem Wohnwagen auf, und über mir war ein Mann. Er hatte sich reingeschlichen, während ich schlief, und hielt mir eine Waffe an den Kopf. Ich wurde vergewaltigt.

Er war auf Drogen. Es war ein Jockey, der Gewicht verlieren wollte. Er erzählte mir, er hätte gerade einen Hund erschossen.

Ich habe nichts gesagt. Hätte ich was gesagt, ich hätte die Rennbahn verlassen müssen. Meine Eltern wären gekommen und hätten mich mitgenommen.

Der Typ kam wieder runter von seinem Trip. Ich kannte ihn, ich sah ihn jeden Tag, ich wusste genau, wer er war – es war schlimm, aber ich hab's überlebt. Danach habe ich mir die Haare raspelkurz geschnitten.

VIER

EINGELEGTE EIER

Ich wurde achtzehn, machte meinen Abschluss, verließ die Schule, arbeitete Vollzeit auf der Rennbahn. Statt fest auf einer Bahn zu bleiben, reiste ich mit meiner Rennbahnfamilie durchs Land: Stallburschen, Pferdepfleger, Jockeys, Trainer, Stewards, Arbeitsreiter, Pferdeführer, allen. Wenn ein Meeting zu Ende war, zogen wir gemeinsam weiter, Stoßstange an Stoßstange. Wir gingen zum Einkaufen in dieselben Läden, benutzten dieselben Waschsalons.

Nach den Rennen gingen wir oft noch in eine Bar, und schnell wurde sie zu einer Rennbahnbar – die Einheimischen verschwanden. Wir wollten niemanden sonst dabeihaben. Manchmal endete es in einer Schlägerei, aber meistens ging alles gut aus. Wir hatten sogar unsere eigene Band – die Bug Boys. Der Sänger war Jockey, der Schlagzeuger Trainer, der Bassist Stalljunge.

Nicht alle tranken – einige mochten einfach die Gesellschaft und unterhielten sich. Wir saßen an langen Tischen und sahen uns Wiederholungen der Rennen an, die ganze Karte von Anfang bis Ende, in Dauerschleife. Schau hin – da! Was hab ich ihm gesagt? Er soll nicht nach außen ziehen, und was macht er? Siehst du, wie sein Kopf zuckt?

Eines Abends brachte ein Arbeitsreiter seine Bulldogge mit in die Bar. Der Hund kam zu uns an den Tisch, und irgendjemand fing an, ihm eingelegte Eier aus einem großen Glas zu kaufen. Der Hund liebte die Eier, und alle mochten den Hund, also spendierte ihm jeder ein Ei, aber es gibt nur eine bestimmte Menge an Eiern, die so ein Hund fressen kann, bevor man die Konsequenzen aufwischen muss.

THANKSGIVING

Niemand wollte uns was vermieten, weil wir immer nur für ein paar Monate in der Stadt waren und weil Rennbahnmenschen dazu neigen, sich wild aufzuführen und Wohnungen zu verwüsten. Ich habe in Wohnwagen gewohnt, in Motelzimmern, einer Stallbox. Manchmal sogar in meinem Auto. Viele Jahre besaß ich keinen eigenen Fernseher. Ich hatte keine Zeit zum Fernsehen und wollte es auch gar nicht. Auch gekocht habe ich nie viel, weil ich kein Zuhause hatte.

Zum Frühstück gingen alle in die Rennbahnküche – man fuhr nicht extra raus in die Stadt, um was zu essen. Jede Küche war für ein besonderes Gericht bekannt. Bei einer waren es selbstgemachte Donuts. Bei einer anderen Rührei mit Speck. Zum Abendessen bestellte man sich in der Bar einen Hamburger – oder was es sonst gerade gab.

Auf einer Rennbahn in Nebraska wurden an den Renntagen polnische Hotdogs an die Zuschauer verkauft. An den Wochenenden roch es überall nach Zwiebeln und Sauerkraut. Die Würstchen wurden in unverschlossenen Kühlboxen unter der Tribüne aufbewahrt, und eines

Abends fiel eine Truppe von der Rennbahn drüber her. Am Wochenende drauf konnten dann keine polnischen Hotdogs mehr verkauft werden, weil sie alle geklaut worden waren. Die Rennbahnleute hatten die Würstchen in Bier eingelegt, den Grill angeschmissen und eine große Party gefeiert.

In Park Jackson gab es vier Jockeys, die zusammen in einem Wohnwagen wohnten. Einmal schossen sie außerhalb der Saison ein Reh und zerlegten es in der Badewanne. Sie machten Dörrfleisch daraus und teilten es mit allen.

Ein paar Monate lang mietete ich im El Rancho Motel ein Zimmer für 211 Dollar die Woche, und an Thanksgiving bereitete der Mistkerl, mit dem ich zusammen war, einen Truthahn in einem Elektrobräter im Badezimmer zu. Er stellte den Bräter neben den Starkstromanschluss ins Waschbecken. Es war der saftigste Truthahn, den ich je gegessen habe.

AUSREICHEND

Die Stallungen hinter der Rennbahn sind wie eine kleine Stadt für sich. Am Wachhäuschen muss man seinen Bahnausweis vorzeigen, um reinzukommen. Während der Trainingszeiten steht ein Krankenwagen auf dem Gelände bereit, weil sich immer mal jemand verletzt. Futtermittelhändler verkaufen Sägespäne, Stroh, Hafer, Zuckerrübenschnitzel, Kleie und gutes Heu. Materialwagen bieten Bandagen, Sättel, Medikamente, Leg Paint, Abschwitzdecken, Bowie Clay, Hufwickel, Fliegendecken und Einweg-Bandagen an. Wenn man auf der Rennbahn lebt, ist das Leben verplant. Man hat keine Zeit, in die Mall zu gehen. Man verliert den Bezug zur Außenwelt. Dinge ändern sich. Es dringen keine Nachrichten von außen zu einem herein, es sei denn, es passiert etwas wirklich Großes. Man lebt in seiner ganz eigenen Welt, und dort gibt es schon genug Neuigkeiten.

DEINE BESITZER ANRUFEN, ZU HAUSE ANRUFEN

Damals gab es noch keine Handys – man musste Münztelefone benutzen und immer genug Kleingeld dabeihaben. Ich warf es ein und wählte und wartete. Ich musste meine Besitzer anrufen, zu Hause anrufen, es war nicht leicht – immer, wenn eins deiner Pferde in einem Rennen läuft und der Besitzer ist nicht auf der Bahn, ruft man ihn an.

Dämliche Telefonzelle, dämliches Münztelefon. Du bist in einem Restaurant, und natürlich versuchen alle anderen Trainer auch, ihre Besitzer zu erreichen. Endlich bist du dran, und es kommt dir vor, als würdest du eine Ewigkeit wählen und telefonieren. Du willst einfach nur noch ins Bett, weil du um vier schon wieder aufstehen musst, zum Füttern. Es ist 20.30 Uhr, und du kommst einfach nicht durch – niemand hebt ab, oder es ist besetzt – und du musst noch die Pferde tränken und was essen und Wäsche waschen.

Seit ich in Vollzeit auf der Rennbahn arbeitete, spürte ich dieses Gewicht auf den Schultern – du bist nicht da, um deiner Schwester zu helfen, du bist nicht da für deine Eltern, du bist nicht da an Feiertagen, Geburtstagen,

Hochzeiten, zu Arztterminen und Beerdigungen. Ich bezahlte Keith Baxter dafür, dass er sich um Rowdy kümmerte. Ich sah ihn einmal im Jahr, an Weihnachten.

HAMBURGER

Einmal hat mich ein Jockey ins Kino ausgeführt, aber ich bin nach zehn Minuten eingeschlafen. Jockeys können sich zwischendurch mal ausruhen – sie galoppieren und arbeiten mit den Pferden um fünf Uhr morgens, danach können sie tun und lassen, was sie wollen. Der Rest – die allermeisten von uns – verbringen zwölf, dreizehn, vierzehn, sechzehn Stunden am Tag im Stall.

Der letzte Start eines Renntags ist oft erst um halb acht abends. Aber anschließend füttert man das Pferd nicht einfach und steckt es in seine Box – erst muss man es abkühlen, es führen und abspritzen, seine Beine versorgen, sie kühlen oder in Eiswasser stellen. Wenn du mit allem fertig bist, ist es Mitternacht oder noch später.

Einmal bin ich abends nach Rennschluss heimgegangen, sogar ohne noch was zu essen – ich war vollkommen erschöpft und musste um vier schon wieder aufstehen. Damals wohnte ich zur Miete bei einer alten Dame, sie war bekannt mit den Leuten, für die ich arbeitete. Ich ging ins Bett, schlief, stand auf, zog mich an, ging zurück auf die Rennbahn. Niemand sonst war da, bis auf einen Kerl, der in der Nähe meines Stalls Hamburger grillte. Wie spät ist es?, fragte ich. Halb drei, antwortete er.

Manchmal kamen meine Eltern zu den Rennen, und wir gingen danach noch kurz was essen. Es war gerade acht Uhr abends, und ich konnte nicht mal mehr sprechen. Ich schlief direkt am Tisch ein.

UNSERE PERSÖNLICHEN ANSICHTEN

Man bekam ganz schön was ab. Ich wurde am Kopf getroffen. Ein Pferd trat nach einer Fliege, und mein Kopf war im Weg. Reiter gingen zu Boden. Ihnen wurden Stahlstangen in die Wirbelsäule geschoben. Mal war man ganz oben, mal richtig weit unten. Man verletzte sich und stand ohne jedes Einkommen da, dann wieder gab es Wochen, in denen man richtig gut verdiente.

Es ist ein Sport, du bist ehrgeizig – du willst an der Spitze stehen, willst gewinnen, willst deinen Namen im Programm und den Ranglisten sehen. Die Trainer versuchen, sich gegenseitig die Besitzer abzujagen. Die Jockeys fahren sich gegenseitig an: Was zur Hölle machst du hier, was schnüffelst du in meinen Stall rum? Es gibt böses Blut, Unmut, Reibereien – nicht alle kommen miteinander klar. Aber wenn sich jemand verletzt, außer Gefecht gesetzt ist, eine Pechsträhne hat, einen geliebten Menschen verliert – ja, selbst wenn sein Truck auf dem Weg zur nächsten Rennbahn liegen bleibt – wir halten zusammen und helfen uns. Davon haben alle was.

Ich verzog Mähnen. Zehn Mähnen, zehn Schlauchreinigungen bei Hengsten – und das Geld, das ich dafür bekam, floss in einen Topf. Wenn ich mich mal verletzte, übernahmen andere für mich, fütterten meine Pferde, ritten sie. Wir hielten zusammen.

Regelmäßig machte ein Rennbahngeistlicher in den Stallungen seine Runden. War alles in Ordnung? Er kümmerte sich um uns, interessierte sich für unsere persönlichen Ansichten, wollte wissen, wie es uns ging, welche Probleme wir hatten, was uns an Schlechtem oder Gutem widerfahren war. Wenn wir reden wollten, war er für uns da. Der Geistliche sagte: Heute Abend ist Gottesdienst, um sieben unter der Haupttribüne. Wir trugen unsere schmutzigen Arbeitsklamotten, und er fügte hinzu: Kommt einfach so, wie ihr seid, wir freuen uns auf euch. Er achtete darauf, dass der Gottesdienst erst begann, wenn alle ihre Arbeit erledigt hatten. Und nie an einem Sonntag, denn sonntags war Renntag. Meistens fand der Gottesdienst an einem Ruhetag mitten in der Woche statt.

Vor jedem Renntag hielt der Geistliche eine Gebetsstunde im Jockey-Raum. Viele der Jockeys nahmen teil. Die meisten von ihnen – ich glaube sogar alle – saßen zusammen und sprachen gemeinsam ein Gebet. Es spielte keine Rolle, woran sie glaubten.

FÜNF

ICH WUCHS AUS MEINEN AUFGABEN HERAUS

Ich hab die Jockeys kennengelernt und gesehen, was sie alles anstellen, um Gewicht zu verlieren. Sie reiben sich bei fünfunddreißig Grad im Schatten mit Glyzerin ein, wickeln sich in Frischhaltefolie und sitzen bei voll aufgedrehter Heizung im Auto – bis sie bewusstlos werden. Sie steigen in eine Hotbox, das Ding sieht aus wie ein Kühlschrank, aus dem nur der Kopf rausguckt. Einmal gab es einen Kurzschluss, und der Jockey fing Feuer. Er hatte am ganzen Körper fiese Verbrennungen.

Die Jockeys kotzen ihr Essen sofort wieder aus, wenn sie denn überhaupt was essen. Sie sind so gut darin, dass sie sogar damit angeben – *Ich kann den Reis hochwürgen, aber die Bohnen bleiben unten!*

Ein paar Wochen aß ich nichts, weil ich dachte, ich würde dadurch vielleicht schrumpfen. Aber ich blieb zu groß – auch wenn es natürlich ein paar hochgewachsene Jockeys gibt. Durch die ganze Arbeit war ich muskulös. Jockeys sind natürlich auch muskulös, aber sie sind viel schmaler gebaut. Ich hatte keine Chance, das durchzuhalten, ohne krank zu werden.

Manchmal sitzt ein Jockey kurz vor dem Start zum ersten Mal auf dem Rücken des Pferdes, das er im Rennen reiten muss. Sie entwickeln keine enge Beziehung. Ich habe es geliebt, die Rennpferde zu galoppieren. Ich wärmte sie auf, ritt sie ein, arbeitete sie. Ich begleitete sie zum Start. Ich tat alles, was ein Jockey tut, außer Rennen zu reiten.

SIE VERLIEREN DEN MUT

Manche Reiter sitzen auf dem Pferd, als könnten sie ein Ei auf dem Rücken balancieren, ohne dass es runterfällt, oder ein Schälchen mit Milch, ohne auch nur einen Tropfen zu verschütten. Sie sind einfühlsam und sanft. Doch wenn sich ein Pferd so richtig wild und bockig aufführt, braucht es eher einen echten Cowboytyp. Andere Jockeys sind gut mit dem Stock – sie können im Galopp beim Peitschen die Hände wechseln. Aber viele Pferde hören auf zu laufen, wenn man sie schlägt. Es gibt Jockeys mit einer so harten Hand, dass die Pferde voller Striemen nach Hause kommen. Wenn ein Pferd eh schon mit Volldampf unterwegs ist, wozu braucht es da noch die Peitsche?

Jockeys werden abgeworfen und verletzen sich, manchmal richtig schlimm. Wenn das passiert, können sie den Mut verlieren. Sie haben Angst, auf ein Pferd zu steigen. Sie haben Flashbacks. Sie müssen sich immer wieder aufs Neue beweisen. Alle verfolgen ganz genau, was sie tun.

DIESER JOCKEY TUT ES, JENER JOCKEY TUT ES

Ein kleiner Elektroschocker, so groß wie eine flache Batterie, zweizinkig, passt in jede Tasche – ein Jockey benutzt ihn, um seinem Pferd damit einen zu verpassen. Er versteckt ihn vorne in der Hose oder befestigt ihn mit einem Gummiband in den Ärmeln seines Seidenblousons. Taserreiter glauben, dass sie so auch noch die letzten Körner aus einem Pferd herauskitzeln können.

Die Rennleitung nimmt jeden in die Mangel, von dem sie denkt, dass er einen Taser dabeihat – und wenn sie einen erwischen, wird man gesperrt. An der Startmaschine müssen alle absteigen – auch die Arbeitsreiter. Ich habe nie so ein Gerät für einen Jockey mitgenommen, wenn ich sein Pferd zum Start ritt, aber andere schon. Sie haben es aufs Geläuf geschmuggelt und es dem Jockey in letzter Minute zugesteckt.

Es ist leicht zu erkennen, wenn ein Pferd getasert wird. Wenn es einen verpasst bekommt, schwingt sein Schweif im Kreis herum. Wir sahen uns die Wiederholungen der Rennen an, und wenn wie aus dem Nichts ein Schweif einen Bogen beschrieb, sagten wir: Na, was da wohl gerade passiert ist?

Auf den schlechteren Bahnen ist so was weitverbreitet, oder war's jedenfalls. Dieser Jockey tut es, jener Jockey tut es. Man hörte Geschichten von einem Jockey und seiner Freundin – wie er ihr beim Sex einen verpasst.

EINE SHOW ABZIEHEN

Wenn etwas Seltsames passiert, sagen die Reiter: Scheiße, es brennt, hebt mir ein paar Streichhölzer auf! Sie singen kurze kleine Liedchen. Sie rufen: Ich komme auf der Innenbahn! oder: Brr, zurück! Manchmal wirft ein Pferd seinen Reiter ab und kommt auf dich zugeschossen, während du gerade ein Pferd trainierst. Dann rufen sie: Achtung – Loser!

Am frühen Morgen, wenn es bis auf ein paar wenige Lichter noch dunkel ist, galoppierst du über die leere Rennbahn, und plötzlich hörst du ein Geräusch hinter dir: Badamm, badamm, badamm – Hufschläge. Es ist wunderschön. Und dann stellen sich die Reiter aufrecht in die Bügel – sie nennen es *eine Show abziehen.* Sie stehen mit ausgebreiteten Armen da und rufen: Grad hab ich mich noch wie ein Kojote gefühlt, aber jetzt geht's mir wieder guhuuut.

SCHWARZE SCHUHCREME

Das Pferd eines Jockeys scheut und bricht durch den Zaun an der Gegenseite in eine Baumreihe. Der Jockey kommt im Krankenhaus zu sich, und der Arzt fragt: Wann hatten Sie zuletzt Stuhlgang? Kurz bevor ich gegen den ersten Baum geklatscht bin, antwortet der Jockey.

Nach einem schlechten Rennen fragt ein Trainer seinen Jockey: Was war denn los? Und der Jockey sagt: Na ja, an der Tausendmetermarke fing er plötzlich an, so komische Geräusche zu machen. Der Trainer erschrickt und fragt: Was denn für Geräusche? Hat er geblutet oder gekeucht, oder was? Der Jockey antwortet: Nein, es war eher so ein *oink, oink* – er ist ein Schwein.

Man nennt es die Jungfräulichkeit verlieren – das erste Mal, wenn ein Jockey ein Rennen gewinnt. Wenn ein Jockey seine Jungfräulichkeit verliert, kommen alle Jockeys zusammen und ziehen ihn aus und schmieren ihm schwarze Schuhcreme auf die Eier – wussten Sie das?

SECHS

ALLES SELBST MACHEN

Die Leute wurden auf meine Erfolge mit den Beauregards aufmerksam, und sie schickten mir Pferde zum Trainieren. Ich wollte nie in einem großen Stall arbeiten, weil ich keine Lust hatte, mich um das Einstellen von Pflegern und Arbeitsreitern zu kümmern - ich wollte immer alles selbst machen. Also habe ich zwei oder drei Pferde versorgt, sie gepflegt und trainiert, und mir ein bisschen was dazuverdient, indem ich Mähnen verzog und die Schläuche von Hengsten reinigte. Für fünfundzwanzig Dollar führte ich andere Pferde zur Startmaschine. Für acht Dollar pro Runde galoppierte ich sie im Training.

Der Trainer tüftelt die Rennstrategie eines Pferdes aus, aber der Pfleger reinigt den Stall, schrubbt den Futtertrog, versorgt die Beine, bürstet das Pferd und hält es bei Laune. Ein Pferdepfleger kennt das Pferd besser als jeder andere, aber der einzige Pfleger, von dem man jemals gehört hat, war Will Harbut, der Pfleger von Man o' War. Die beiden lebten zusammen, gingen zusammen in Rente, starben im Abstand von wenigen Wochen. Sie wurden Seite an Seite begraben. Es war Liebe.

In einem Stall mag es zehn Pfleger geben, aber dein Pferd wird nur dich mit einem sanften Wiehern begrüßen, niemanden sonst. Du sprichst mit ihnen, und sie hören zu. Sie reagieren auf dich. Du bist ihre Bezugsperson. Sie wollen dich glücklich machen.

GEWASCHEN, GEBADET, GUT VERSORGT

Um vier Uhr ist Fütterung, sieben Tage die Woche. Danach sattelt man die Pferde, und es geht raus auf die Bahn. Wenn sie den Sattel nur sehen, verdrehen sie schon den Kopf und werfen ihn auf und ab. Während die Pferde draußen sind, werden die Boxen gesäubert. Die Wassereimer geschrubbt, die Futtertröge. Man füllt kein Futter in schmutzige alte Bottiche. Man schrubbt sie vorher.

Wenn es heiß ist, spritzt man die Pferde mit einem Schlauch ab, aber meistens erhitzt man Wasser für ein warmes Bad und benutzt einen Naturschwamm und Shampoo, wenn sie von der Trainingsarbeit zurückkommen. Wenn es ein Wallach ist, säubert man den Schlauch mit Kastilienseife, und einer Stute wäscht man damit ihre kleinen Zitzen. Eventuell legt man ihnen ein leichtes Fliegennetz über, aber normalerweise halten die schönen großen Hamsterrad-Ventilatoren die Fliegen fern.

Die Bandagen liegen gewaschen und aufgerollt bereit. Genau wie die Baumwollunterlagen und die Hufpaste. Man striegelt sie, reibt ihre Beine mit Pferdesalbe ein und legt ihnen Bandagen an. Vielleicht kühlt man die Beine noch mit Eis oder stellt die Pferde in eine Inhalationsbox mit Salzluft. Sie lieben es, bis über die Knie in dem warmen Wasser des Whirlpools zu stehen. Wenn ihre Schultern steif sind, reibt man sie mit Balsam ein, wickelt sie in Plastikfolie und legt ihnen eine Wolldecke um den Hals. Schon bald fängt der Schweiß an zu laufen. Das lockert die Muskeln, sie fühlen sich wohl.

An Renntagen streut man dieses krümelige grüne Zeug – es sieht aus wie Pot – auf ein kleines Stück Baumwolle und zündet es unter der Nase des Pferdes an. Es ist Belladonna darin und noch anderes Zeug. Man stellt einen Eimer auf den Boden und legt einen Regenmantel über das Pferd, damit die Nebenhöhlen aufgehen. Der ganze Mist – Rotz, Auswurf, Schleim – läuft aus der Nase in den Eimer.

Einmal kamen die Kinder von einem Trainer, die sich auf der Rennbahn rumtrieben, auf eine besonders schlaue Idee und rauchten was von dem Zeug. Nach ein paar Zügen rasten sie herum wie aufgescheuchte Eichhörnchen.

ALSO ÜBERPRÜFT MAN ES, SCHÜTTELT ES DURCH

Diese dreifach gebundenen Timothy-Heuballen wiegen bestimmt hundert Pfund. Hafer wird in Säcken zu sechsundneunzig Pfund angeliefert. Und niemand kommt und sagt: Oho, Miss, lassen Sie mich Ihnen das abnehmen! Man trägt alles selbst. Wuchtet es durch die Gegend.

Kein Schimmel, kein Staub. Ein Futterhändler mit minderwertigem Distelheu schafft es nicht durch die Rennbahntore, aber vielleicht ist da eine undichte Stelle im Stalldach, also überprüft man das Heu, schüttelt es durch. Ist ein Pferd schweratmig, muss man das Heu manchmal trotzdem einweichen, selbst wenn es einem gar nicht staubig vorkommt.

Manche Pferde wollen ausschließlich feuchtes Futter fressen, dann mischt man Rübenmus und kochendes Wasser darunter. Man überprüfte den Stuhl und passt das Futter entsprechend an. Der hier ist ein bisschen locker. Dieser hier so hart wie ein Apfel – es braucht mehr Kleie. Ein Bluter bekommt Luzernensprossen wegen der Extraportion Vitamin C und K, was die Blutgerinnung fördert.

Tierärzte und Hufschmiede drehen ihre Runden. *Alles in Ordnung bei euch? Braucht ihr was?* Manchen Pferden hängt man besser einen Futtereimer um. Der Tierarzt versorgt einen mit Kupfer, Eisen, mit Arsen, Strychnin und einem B12-Cocktail. Ein nervöses Pferd bekommt zur Beruhigung Thiamin und B1. Andere brauchen Elektrolyte, damit sie nach dem Rennen schnell wieder zu Kräften kommen.

Wenn ein Pferd sich langweilt oder Schmerzen hat, kratzt es mit dem Huf ein Loch in den Stallboden. Man füllt es mit Wasser, weil Pferde das Gespritze nicht mögen, oder schüttet Erde rein, streicht sie glatt und streut etwas scharfen roten Pfeffer darüber.

Boxenweber können wegen ihres empfindlichen hohen Stoffwechsels oft nicht an Gewicht zulegen, aber man kann etwas Wasser in einen Plastikmilchkrug füllen und ihn für sie zum Anstoßen in die Box hängen. Dann stehen sie vor ihrem Geschirr und spielen die ganze Zeit mit dem Krug herum.

Wenn das nicht funktioniert, besorgt man ihnen eine Ziege oder ein Minipony – kleine Maskottchen, die sie bei Laune halten. Das Maskottchen lebt mit dem nervösen Pferd in der Box und beruhigt es sehr.

EIN DRUCK VON TAUSEND PFUND

Beim Galoppieren verbringt ein Pferd einen Großteil der Zeit in der Luft – im Fluge eigentlich – oder mit gerade mal einem Fuß auf dem Boden. Wenn der Fuß den Boden berührt, lastet ein Druck von tausend Pfund auf diesem einen dünnen Bein, diesem kleinen Huf von der Größe eines Aschenbechers.

Wenn ein Pferdehuf brüchig ist und nachwachsen muss, gibt man Reducine-Salbe auf eine Zahnbürste und massiert sie gründlich in den Kronrand ein. Das regt die Durchblutung an, und schon bald schwillt das Saumband an. Um die Sohle für das Wachstum weich zu halten, verrührt man Bowie Clay mit Wasser, Salz und Essig in einem Eimer zu einer Art Schlammkuchen, schneidet Kreise aus dem schweren Papier der Futtersäcke, klatscht die Schlammpackung auf die Sohle und drückt das kreisförmige Papier auf die Unterseite des Hufes.

Bevor man die Hufe beschlägt, werden sie geröntgt, um zu sehen, wo das Hufbein liegt. Manche Pferde haben einen niedrigen Ballen, sodass sie Fersenkeile, Hufnägel, Stollen oder Klauenklötze benötigen. Wenn sie einen langen Schritt haben, kann es passieren, dass sie zu weit ausholen und sich mit dem Hufgelenk verhaken, sodass ein Stück aus dem Kronrand herausgerissen wird. Dann blutet es wie verrückt.

Ein guter Trainer geht vor dem Rennen die Bahn ab, um das Geläuf zu prüfen. Es kann ein fast gummiartiger, federnder Tartanbelag sein oder eine Grasbahn. Einige Aschenbahnen haben einen hohen Sandanteil, bei anderen ist viel Lehm darunter. Rennbahnmitarbeiter eggen die Bahn nach jedem Rennen – man sieht sie draußen die Schleppen ziehen. Der Untergrund sollte frei von Steinen sein, möglichst glatt.

WIR HABEN HUNGER!

An Transporttagen werden die Pferde auf große Hänger verladen, und sobald die nächste Rennbahn erreicht ist, müssen ihre Boxen eingerichtet und die Tiere versorgt werden. Die Pferde schmecken die Unterschiede im Wasser der jeweiligen Bahn heraus, doch wenn man Coca-Cola hineingibt – nur einen kleinen Schluck, damit es süßer wird –, sind sie eher dazu bereit, es zu trinken. Aber natürlich muss man die Cola langsam wieder ausschleichen, denn ein positiv auf Koffein getestetes Pferd wird vom Rennen ausgeschlossen.

Rennpferde verweigern auch gern mal das Futter – sie sind müde, sie fühlen sich krank. Sie sehen diesen riesigen Futtertrog und sagen sich: Boah ist das viel – da kann ich nicht mal hinsehen. Manchmal scheißen sie auch in den Futtertrog, um dich klar und deutlich wissen zu lassen, was sie darüber denken.

Du probierst alles Mögliche. Gibst ihnen nur eine Handvoll. Fütterst erst mal die anderen. Du tauchst auf, noch komplett im Halbschlaf, es ist vier Uhr morgens, aber die Pferde treten bereits gegen die Boxenwände und wiehern wie verrückt: Guten Morgen, wir sind hier, wir haben Hunger! Wenn eins dabei ist, das sein Futter verweigert, ignorierst du es erst mal und lässt es schmoren. Soll ihm doch das Wasser im Maul zusammenlaufen, wenn es die anderen fressen sieht.

Es ist, als wenn du vor einer Blutuntersuchung fastest und ganz zittrig auf den Beinen bist, und dann siehst du Leute, die frische Zimtröllchen mampfen und Kaffee trinken – plötzlich willst du unbedingt auch was. Wenn dir so richtig übel ist, und du bekommst ein riesiges Tablett mit Essen vor die Nase gestellt, sagst du: Sofort weg damit! Aber wenn dir jemand ein halbes Stückchen trockenen Toast oder eine kleine Tasse mit Suppe anbietet, denkst du: Das kann ich schaffen. Und Stück für Stück kehrst du zurück an den Futtertrog.

DIREKT VON DER ZIEGE

In Deerheart, Nebraska, fuhren wir alle in Golfwägelchen herum – von den Stallungen zum Rennbüro, vom Büro zur Rennbahnküche und so weiter. Bobbie Mackintosh hat immer Winnie, die Ziege, gemolken, das Maskottchen eines Rennpferds namens Springtime Notion. Wenn sie nicht bei Springtime im Stall war, sprang Winnie zu Bobbie ins Golfwägelchen und los ging's.

Ich hatte schreckliche Magenprobleme, und eines Tages bekam Bobbie mit, wie ich mich darüber beklagte. Sie sagte: Sonia, probier's mal mit Ziegenmilch. Sie gab sie mir direkt von der Ziege – ziemlich grässlich, nicht pasteurisiert oder so –, aber meinem Magen ging es auf der Stelle besser, und bald war alles wieder gut.

Wenn man krank ist, wartet man darauf, dass die Veterinäre vorbeikommen, damit sie einen ebenfalls behandeln. Die Jockeys bekamen vor jedem Rennen B12-Spritzen – dreimal, viermal am Tag. Man sagte: Oh, ich bin echt fertig, und der Tierarzt gab einem eine B12-Spritze. Wenn man Zahnschmerzen hatte, zog man sich den Zahn selbst.

Einmal stand ich mit Miss Sotmoore – eine meiner besten Stuten – vor dem fünften Sieg in Serie, aber ich hatte Fieber und konnte mich kaum bewegen.

Ein anderer Trainer meinte: Komm doch vorbei, dann gibt Mutter dir eine Spritze mit – keine Ahnung, was es war. Vielleicht Rinderantibiotika. Der Kollege wohnte zufällig etwa zwölf Meilen von der Rennbahn entfernt, also kam ich mit zu ihm nach Hause und beugte mich über die Spüle, und seine Mutter gab mir die Spritze. Innerhalb von drei Stunden war ich ein neuer Mensch. Ich konnte mein Pferd laufen sehen, und wir schafften unseren fünften Sieg in Folge.

SIEBEN

ICH WEISS, WAS ICH WEISS

Warum fällt ein Pferd im Rennen zurück? Warum läuft es nicht mehr so wie früher? Was ist da passiert? Ein Trainer sieht sich die Wiederholungen der Rennen wieder und wieder an. Er muss rausfinden, was los ist. Es gibt Pferde, die einen ständig vor neue Rätsel stellen. Gerade, wenn man denkt, man wüsste eine ganze Menge über ein Pferd, zeigt es einem, wie dumm man doch ist.

Man sieht sich die Rennen auch deshalb so genau an, weil man etwas über die anderen Pferde erfahren möchte. Einige ziehen direkt an die Spitze und haben genug Stehvermögen, um es bis zum Ende durchzuhalten. Andere lassen sich gern etwas zurückfallen und kommen dann von hinten. Einige laufen auf der Innenseite durch, andere mögen es nicht, direkt an den Rails zu laufen.

Die besten Trainer arbeiten mit dem, was das Pferd von sich aus tun will. Man möchte sehen, dass es mit locker schwingendem Schweif und federnden Sprüngen über die Rennbahn läuft. Man möchte ein glückliches Pferd, das vorn an seiner Box steht, den Kopf hebt, mit einem redet, einen leise anwiehert und seinen Trog leer frisst.

Man beobachtet die Ohren – sind sie glücklich gespitzt? Oder beleidigt nach hinten gelegt? Man sieht sich die Augen an. Ein Hund kann flehend schauen, bettelnd – er will einen Keks. Man achtet auf die Augen eines Pferdes – leuchten sie, schaut es einen aufmerksam an? Oder hat es einen stumpfen Blick?

Wenn ein Pferd ganz hinten in seiner Box steht – kein gutes Zeichen. Dieses Pferd ist überarbeitet und verärgert, es ist dabei, sauer zu werden.

IHNEN WIRD DER KOPF ABGERISSEN

Es kommt vor, dass ein Besitzer sein Pferd laufen sehen will, obwohl kein passendes Rennen ausgeschrieben ist. Er ist übers Wochenende in der Stadt und möchte vor seinen Freunden angeben. Also drängt er den Trainer, ein Zweitausend-Dollar-Pferd für ein Rennen mit Achttausend-Dollar-Pferden zu nennen. Das Pferd tritt weit außerhalb seiner Klasse an. Man wird ihm den Kopf abreißen.

Wenn ein Pferd in einem Rennen läuft, in dem es nichts zu suchen hat, wird es mit Abstand Letzter. Passiert das zu oft, fühlt es sich irgendwann wie ein Verlierer. Es wird depressiv. Seine Muskeln übersäuern, und es ist vollkommen zerschlagen, weil es sich beim Rennen so sehr verausgaben musste, um halbwegs mit den besseren Pferden mithalten zu können. Schon bald ist es überfordert und unglücklich und frisst nicht mehr.

Um das Selbstvertrauen des Pferdes wiederherzustellen, tätschelt man energisch seinen Hals – *Was für ein braver Junge!* Man übertreibt es mit den Streicheleinheiten und Umarmungen. Langsam denkt es wieder besser von sich.

Während der Morgenarbeit sucht man sich drei Kollegen und tritt Kopf an Kopf in vollem Galopp gegeneinander an. Auf ein Zeichen hin lassen einen die anderen davonziehen. Ganz wie ein abgesprochenes Rennen. Das angeknackste Pferd lernt, wie es sich anfühlt, zu gewinnen. Das wiederholt man immer und immer wieder, und nach einer Weile kehren seine Lebensgeister zurück.

ICH GLAUBE, DU WÜRDEST ES BEREUEN

Director Dean – gezeugt von Charlie Stut, aus Doctor Stut, war ein wirklich gutes Pferd, ein Pferd alter Klasse, ein Fünfzig-, Sechzigtausend-Dollar-Pferd.

Director Dean war in Besitz von Hank Killdeer von Killdeer Ford in Chance Rapids. Hank Killdeer sprach immer wieder davon, Director Dean zu verkaufen. Ich sagte: Du solltest ihn nicht verkaufen, das wird was mit ihm.

Ich habe ein gutes Angebot für ihn bekommen, antwortet Hank Killdeer.

Na klar, sage ich. Sie haben ihn bei der Arbeit gesehen. Er trainiert wie ein Bär. Er hat das Zeug, in Stakes-Rennen zu laufen.

Hank antwortet: Hältst du ihn wirklich für gut?

Ich sage: Ja, für sehr gut.

Hank antwortet: Na, das ist doch schön. Aber es ist ein hübsches Sümmchen, was die da bieten.

Also habe ich mich aus dem Fenster gelehnt und gesagt: Mach, was du willst, aber komm morgen früh vorbei, Billy Fargo ist hier. Sieh dir das Pferd an. Ich glaube, du würdest es bereuen, wenn du ihn verkaufst.

Also behielt Hank Killdeer ihn. Beim ersten Mal wurde Director Dean Dritter. Normalerweise gibt man ihnen erst mal ein Rennen, damit sie Luft in die Lungen bekommen – aber er kam gleich als Dritter ein. Danach verdiente er als Zweijähriger 130.000 Dollar. Gewann ein Stakes-Rennen.

Hank Killdeer sagt: Was bin ich froh. Fast hätte ich ihn für fünftausend weggegeben.

Anschließend verkaufte Hank Killdeer von Killdeer Ford meinem Vater einen nagelneuen Truck für fünftausend Dollar.

WACKEL, WACKEL

Man verbringt viele, viele Stunden mit jedem Pferd – man verliebt sich in sie. Sie rennen sich für einen die Seele aus dem Leib. Man weiß, wenn sie leiden.

Janet M – sie lief wie ein geölter Blitz, aber sie bekam immer mehr Schmerzen, immer mehr Entzündungen in den Gelenken. Ich sagte zu dem Besitzer: Wir müssen sie blistern und ihr bis zum Frühjahr Zeit geben.

O nein, antwortete der Besitzer, sie möchte Rennen laufen – sie ist besser denn je.

Sie sind nicht dabei, wenn sie es morgens nicht mal mehr schafft aufzustehen, sagte ich. Und lehnte ab. Ich würde sie nicht mehr trainieren.

Der Besitzer – Tricky Ricky nannten ihn die Leute – fand jemand anderen, der Janet M trainierte. Bei ihrem nächsten Start war ich dabei und sah zu. Wackel, wackel machte ihr Bein – es war ein klarer Bruch.

Danach ging ich zu Tricky Ricky. Ich sagte: Und du willst ein Pferdemensch sein?

VERSUCHEN KANN MAN ES JA MAL

Bob Bozeman war ein Besitzer und ehemaliger Jockey. Er wog gerade mal 110 Pfund, allerhöchstens. Seine Frau Charlene war eine große Frau mit blonden, fluffigen, sonderbaren Haaren wie ein Filmstar. Sie hatten zwei erwachsene Töchter und dann noch eine kleine Nachzüglerin, Bebe, ein Unfall – Charlene war mit vierundvierzig schwanger geworden. Der Stöpsel war wahnsinnig verwöhnt. Sie wurde meine kleine Freundin, die mir manchmal bei den Pferden half.

Bob war ein großer Spieler, ein bisschen windig. Ich war glücklich, denn ich durfte einige seiner Pferde trainieren, aber er hat mich immer enorm unter Druck gesetzt. Wenn er getrunken hatte, legte er sich mit dem größten Kerl an, den er finden konnte. Einmal saßen abends ein paar von uns im Hungry's und feierten einen Sieg. Bei Hungry's grillte man seine Steaks selbst – dicke, gut gereifte Lendenstücke, riesige Berge von Texas-Toast. Bob wurde betrunken und sagte: Ich steck jetzt meinen Schwanz in den Hals dieser Flasche. Er mühte sich also ab, und Charlene stand auf und sagte: Bobby, steck das kleine Ding wieder weg. Die Kellnerin kam dazu, und wir wurden rausgeworfen.

Bei der Auslosung der Startboxnummern musste der Besitzer anwesend sein, aber Bob lebte in Oklahoma, also sagte er: Wir lösen das Problem jetzt ein für alle Mal, wir überschreiben dir das Pferd. Na, war das nicht prima – auf dem Papier war ich die Besitzerin. Aber als wir dann ein gut dotiertes Rennen gewannen, an wem blieb da wohl die Steuer hängen?

Bob kam mittwochs und samstags zu den Renntagen auf die Bahn. Er mietete ein Motelzimmer für die ganze Woche, und an den Tagen, an denen er in Oklahoma blieb, stand das Zimmer leer. Als ich eine Woche in meinem Truck schlafen musste, sagte er zu mir: Geh doch ins Motel, es ist ja eh bezahlt, und gab mir den Schlüssel. Aber dann kam er früher zurück und tauchte nachts im Zimmer auf, als ich schon schlief. Er dachte, es würde vielleicht was laufen.

Er war gerissen, durchtrieben – ein aalglatter Mistkerl. Er hat Sachen gebracht, die mich wie eine Idiotin haben dastehen lassen. Man musste ständig auf der Hut sein. Seine Lehren ziehen. Er respektierte es, wenn man ihn durchschaute. Versuchen kann man es ja mal, sagte er immer.

DIESES PFERD, DIESES RENNEN

Sein Name war Dark Side. Man hatte ihn schon auf den Schlachthoftransporter geladen. Als Fohlen hatte ihm eine der Zuchtstuten einen Tritt gegen den Kopf verpasst und ihm ein Auge ausgetreten. Da war eine große, leere Augenhöhle, ein mit Fell ausgekleidetes Loch. Sogar ein paar kleine Wimpern sprossen darüber.

Damals gehörte er mir noch nicht, aber ich hatte ihn schon eine ganze Weile auf dem Radar. Eines Tages sagte jemand: Das Pferd, das dir so gut gefällt, soll geschlachtet werden.

Ich sagte zu Bob Bozeman: Wir müssen dieses Pferd kaufen. Wir können ihn zum Schlachtpreis bekommen, 800 Dollar. Damals war der Schlachtpreis noch hoch. Bob sagte: Wenn du denkst, du kannst was aus ihm rausholen und uns etwas Geld verdienen, dann los. Ich finanziere es.

Auf dem Transporter befanden sich bereits sechs andere Pferde, und Dark Side stand ganz hinten. Der Schlachthändler sagte: Du musst mir einen Hunderter extra geben – ich muss alle noch mal abladen, um ihn runterzuholen. Also gab Bob mir einen zusätzlichen Schein, und ich gab ihn dem Schlachter.

Dark Side war von den Rennen ausgeschlossen worden, weil er sich in der Startbox immer wieder heftig gewehrt und rücklings überschlagen hatte. Ein Pferd, das ein solches Verhalten zeigt, kann wieder zugelassen werden, aber es ist ein weiter Weg zurück. Der Starter muss die Genehmigung erteilen, und man braucht acht saubere Versuche.

Pferde werden oft unruhig und treten in den Startboxen um sich, bevor sich die Tore öffnen, deshalb gibt es Starthelfer, die sie festhalten. Da steht also Dark Side in so einer mittleren Box, mit je einem Helfer auf beiden Seiten, und die zerren an seinem Kopf herum, damit er ihn gerade hält. Auf seiner blinden Seite wird gestampft und gewiehert, schwere Körper schlagen gegen Metall, aber er kann den Kopf nicht drehen, um nachzusehen, was los ist, weil ihn die Helfer daran hindern. Da gerät er in Panik, und es geht los mit seinen Ausrastern.

Das Morgentraining geht von fünf bis elf. Es herrscht viel Verkehr. Ich führte ihn nur mit Halfter und Führstrick bis zur Startmaschine, einfach, damit er sich dort mal umsehen konnte. Ich streichelte ihn und sprach mit ihm. Ich redete mit den Startern und Starthelfern, oft und viel. Ich sagte: Fixiert ihn nicht so stark. Lasst ihn sich umsehen.

Einige der anderen Trainer sagten: Vergiss den einäugigen Mistkerl. Du verschwendest nur deine Zeit. Sie benahmen sich wie Cowboys. Sie fanden mich als Trainerin schon ganz okay, aber ich blieb nun mal eine Frau. Alles, was man tut, muss man doppelt so gut machen.

Ich fand einen Arbeitsreiter, einen exzellenten kleinen Jockey namens Valdez – er ließ sich Zeit mit ihm. Wir schafften ein paar saubere Probestarts. Schließlich sagte der Starter: Okay, er ist wieder zugelassen, du kannst ihn laufen lassen – aber noch ein einziges Mal Theater, und das Pferd ist endgültig raus.

Ich sprach mit meinem Besitzer, Bob. Ich sagte: Komm, lassen wir ihn nächste Woche laufen. Es ist genau das passende Rennen für ihn. Also nannten wir ihn, bekamen Startbox sieben. Das war ein Glücksfall, denn es war ein Feld mit neun Pferden – er hatte nur zwei auf seiner blinden Seite.

Dark Side stand 25:1 am Totalisator. Das war ein Gewinn von zweihundertfünfzig Dollar bei zehn Dollar Einsatz. Bob sagte: Soll ich ein bisschen was setzen? Ja, antwortete ich, er ist so weit.

Das Pferd schien zu wissen, dass ich ihn gerettet hatte. Alle hatten ihn aufgegeben. Ich habe wertvolle Pferde trainiert und weniger wertvolle, aber das hier war einer der schönsten Momente – dieses Pferd, dieses Rennen. Es zog viel Aufmerksamkeit auf sich. Endlich wurde ich als Trainerin anerkannt.

Bob war sehr zufrieden. Er hatte eine Stange Geld am Wettschalter verdient. Hatte die Zweierwette getroffen, die Dreierwette. Wir gewannen danach noch vier oder fünf weitere Rennen. Doch dann fing Dark Side an zu lahmen – ein Fesselträgerschaden –, und Bob verkaufte ihn auf der Herbstauktion. Ich konnte nichts dagegen tun, weil er nicht mir gehörte. Bob verkaufte immer alle seine Pferde im Herbst und fing im Frühjahr ganz neu an.

Einer der anderen Trainer kaufte ihn. Er gewann nie mehr ein Rennen. Ich weiß nicht, ob es wieder Theater in der Startbox gab, aber jedes Mal, wenn er mich auf der Rennbahn sah, warf er den Kopf herum und wieherte.

ACHT

RENNBAHNMENSCHEN

Man trifft ein paar richtig prominente Menschen, und manche sind einfach nur stinknormal.

SCHICKE ANZÜGE, SCHICKE SCHUHE

Tim Tuckers Eltern waren reich, und sie kauften ihm teure Rennpferde zum Trainieren. Er trug schicke Anzüge und schicke Schuhe und dunkle Sonnenbrillen, und nach nur ein paar Monaten im Geschäft glaubte er, bereits alles zu wissen. Er schlug sich gut, ihm gelangen mehrere Siege, aber hauptsächlich deshalb, weil seine Pferde nun mal so wertvoll waren. Er musste sie einfach nur noch anmelden.

Einmal, nachdem sein Pferd mein Pferd geschlagen hatte, sagte ich: Glückwunsch Tim, ein gutes Rennen von deinem Pferd, und er antwortete: Leck mich am Arsch, Sonia.

Am nächsten Tag fragte mich mein Chef: Sonia, weißt du, wo die Butazon-Tabletten sind? Er hatte gerade eine neue Lieferung von Charblatt bekommen. Ich sagte: Vielleicht hat Tim sie sich geliehen. Ich meinte es nicht böse – so ging's halt bei uns zu. Wir liehen uns Dinge, halfen uns gegenseitig aus. Aber als mein Chef ihn fragte, sagte Tucker: Ich hab sie nicht genommen – aber vielleicht ja diese dumme Fotze, die für dich arbeitet.

Ich schnappte mir Tucker, und wir prügelten uns. Er riss mein Hemd ganz weit hoch, und wir wälzten uns am Boden. Mein Chef musste mich wegziehen. Tucker weinte, und am nächsten Tag hatte er ein blaues Auge. Alle haben sich darüber gefreut. Sie rieben es ihm richtig unter die Nase.

Wenn man auf der Rennbahn eine Schlägerei anfängt, wird man normalerweise ein paar Monate gesperrt, aber die Stewards sagten nur: Sonia, dürfen wir dich zum Frühstück einladen?

Tucker änderte sich danach total. Und ein paar Jahre später, als ich so schwer verletzt war, dass ich fast gestorben wäre, war er es, der mir anbot, bei ihm und seiner Frau im Wohnwagen an der Rennstrecke zu wohnen. Als ich aus dem Krankenhaus kam, konnte ich mich noch nicht mal ohne fremde Hilfe aufsetzen, aber Tucker und seine Frau – sie haben sich gut um mich gekümmert.

PAUPER'S HILL

Da war dieser langhaarige Kerl, ein Arbeitsreiter, der bei einem Überfall auf ein Dairy Queen erwischt wurde. Als sie ihn verhafteten, zog er ein Taschenmesser und schnitt sich damit. Sie brachten ihn ins Gefängnis, und noch in derselben Nacht erhängte er sich in seiner Zelle.

Sie fanden seine Rennlizenz, aber er hatte einen falschen Namen benutzt. Die Polizei kam raus zur Rennbahn, um mehr über die Identität dieses jungen Mannes zu erfahren, der da im Gefängnis Selbstmord begangen hatte, aber wir konnten ihnen nicht weiterhelfen.

Ein paar Wochen später erfuhren wir, dass man ihn in einem Armengrab beerdigen würde, und mit einem Freund ging ich hin. Ich weiß nicht, warum. Wir kannten ihn kaum. Wir erwiesen ihm die letzte Ehre. Es gab keinen Grabstein, nur so ein kleines Plastikschild mit seinem falschen Namen drauf, also fragten wir beim Friedhof, ob wir ihm einen Stein hinstellen könnten. Wieder auf der Rennbahn, legten wir Bretter aus, vergossen Zement und setzten in jeder Ecke ein Hufeisen ein.

Pauper's Hill wurde der Friedhof genannt, Hügel der Armen. Der Abschnitt mit den Armengräbern war wirklich schön. Als unser Grabstein trocken war, legten wir ihn aufs Grab, zusammen mit ein paar Blumen von der Rennstrecke.

Später lasen wir einen Artikel über ihn. Man hatte endlich seine wahre Identität herausgefunden. Es lagen Haftbefehle gegen ihn vor. Seine Familie beschloss, ihn dort zu lassen, wo er war.

DIE ALTE DAME

Hoser war ein Pferdepfleger, der sich gern betrank und dann anfing, Leute zu befummeln. Man wusste nie, bei wem er es als Nächstes versuchen würde. Einmal hatte er es auf diese junge Frau abgesehen, Lily, aber sie wollte nichts von ihm wissen. Lilys Großmutter gehörten ein paar Pferde, und Lily kam oft an den Wochenenden dazu und half mit. Die Großmutter hatte einen Wohnwagen bei uns im Trailerpark, und wenn Lily da war, fuhr die alte Dame zu sich nach Hause, und Lily übernachtete in dem Wagen.

Eines Nachts, als Hoser gut die Lampen anhatte, schlich er sich in den Wohnwagen, in dem Lily schlief. Er zog sich aus und kroch zu ihr unter die Decke. Aber es war gar nicht Lily – es war die alte Dame. Sie war eine zähe alte Schachtel mit O-Beinen und einer kräftigen, schroffen Stimme. Sie setzte sich auf und rief: Was zum Teufel wird das denn hier?

Hoser rannte schreiend raus. Er weckte alle auf. Wir sahen zu, wie er nackt durch die Gegend lief und nach seinen Sachen suchte. Er hatte vergessen, dass er sie im Wohnwagen der alten Dame gelassen hatte.

JAKE THE PRINCE

Jimmie war so dermaßen dürr. Er hinkte, und seine Zähne waren eine Katastrophe. Er hatte ein sanftmütiges Wesen, und wenn er etwas sagte, war er ganz scheu – ein nervöser kleiner Kerl. Und er stotterte ein bisschen. Immer, wenn es regnete, ging er raus und tanzte im Regen. Er fuhr einen alten roten Pick-up, einen Dodge Ram, und ständig polierte er die Chromteile auf der Motorhaube mit seinem T-Shirt, bis ihm das Auto eines Tages in der Stadt geklaut wurde.

Jimmie war der Pfleger eines Pferdes namens Jake the Prince, ein wunderschönes graues Vollblut, ein Stakes-Sieger, einfach ein unglaubliches Pferd. Jimmie schlief in der Sattelkammer und reiste mit seiner Kleidertruhe und Jake the Prince von Bahn zu Bahn. So oft es ging, nahm Jimmie Jake mit auf die Weide. Er legte sich daneben, während Jake graste, sprach mit ihm, streichelte ihn, fütterte ihn mit Äpfeln. Jimmie und Jake waren füreinander bestimmt. Das Pferd begrüßte Jimmie mit einem leisen Wiehern, sowie er ihn kommen sah.

Jimmie sagte oft: Sonia, willst du einen Schokoriegel? Sonia, willst du einen Kaffee? Aber gern, Jimmie, antwortete ich, das wäre schön. Manchmal aßen wir zusammen Tacos im Ron Hegel's in Omaha, Nebraska. Alle anderen hielten ihn für seltsam – Crazy Jimmie! Aber er hatte jahrelang denselben Chef, und er war ein ausgezeichneter Arbeiter.

Schließlich brach sich Jake the Prince bei einem Rennen ein Bein und musste eingeschläfert werden. Danach war Jimmie eine ganze Weile wie vom Erdboden verschluckt. Wir machten uns Sorgen um ihn. Er war beileibe kein Trinker, aber nachdem er Jake verloren hatte, ging er auf Sauftour und war einen ganzen Monat lang verschwunden.

Irgendwann war er wieder da, und wir gingen zum Essen ins Ron Hegel's. Nach dem Bestellen fing Jimmie an zu reden und hörte nicht mehr auf. Er erzählte mir von seiner Kriegsgefangenschaft in Vietnam. Er erzählte es so, als würde er alles gerade noch einmal durchleben. Was er mir erzählte, war furchtbar.

Zurück auf der Bahn zeigte er mir ein gefaltetes Stück Papier, das er in seiner großen Truhe aufbewahrte. Es war ein Artikel über die Befreiung von ihm und den anderen Kriegsgefangenen. Er listete die Namen der Soldaten auf und wie lange sie festgehalten worden waren. Jimmie war am längsten in Gefangenschaft gewesen.

Nach seiner Rettung überreichte ihm die Armee alle Briefe, die er über die Jahre verpasst hatte. Er erfuhr, dass sein Bruder Selbstmord begangen hatte und seine Mutter verstorben war. Als er nach Hause kam, hatte er niemanden mehr.

Ich sagte: Jimmie, dir müssen doch irgendwelche staatlichen Leistungen zustehen, lass die uns beantragen – du hast es verdient. Aber er wollte nicht, dass irgendjemand von alldem erfuhr. Er schämte sich – oder was auch immer. Jedenfalls weigerte er sich. Er wollte nichts mit der Regierung zu tun haben – kein Geld, keine Hilfe, auf gar keinen Fall.

NA KOMM, CHARLIE

Johnny Block hielt einen zahmen Fuchs namens Roxy, einen Dachs namens Red, einen Fasan namens Ted, einige Frettchen, ein paar Schlangen, einen Bergbeo und eine Krähe namens Charlie.

Krähen können sprechen lernen, und Charlie konnte wunderbar sprechen.

Na komm, Charlie!, rief Johnny, und Charlie flog los und landete auf Johnnys Schulter. Charlies Flügel waren gestutzt, damit er nicht zu weit wegfliegen konnte. In den Mittagspausen saß Charlie neben mir, und ich teilte mein Sandwich mit ihm. Ich warf Fleischstückchen in die Luft, und er fing sie auf.

Wenn ich im Stall arbeitete, hüpfte Charlie von Balken zu Balken und rief: Hallo, hallo! Einer meiner damaligen Schützlinge war ein freundliches großes Pferd namens Three Tabs, es war über sechzehn Hände groß. Charlie stürzte sich gern auf seine riesigen Ohren und zwickte hinein.

Irgendwann waren Charlies Flügel wieder etwas nachgewachsen, und eines Tages flog er davon. Johnny rief die ganze Zeit nach ihm. Charlie, Charlie! Aber nichts.

Kein Charlie. Am zweiten Tag machten wir uns echte Sorgen um ihn.

Hinter dem Schuppen, nicht weit von den Stallreihen entfernt, stand ein großer Baum. An diesem Nachmittag war der Baum voller Krähen. Johnny lief hin und rief: Charlie, Charlie! Die Vögel stoben als Schwarm davon – bis auf einen. Hallo, hallo!, sagte der Vogel. Na komm, Charlie!, sagte Johnny. Danach musste er Charlies Flügel wieder etwas stutzten.

SICH SO RICHTIG VOLLLAUFEN LASSEN

Sein Name war Mick, aber wir nannten ihn nur Humpty Dumpty. Er kam aus Louisiana. Wenn er über Weihnachten nach Hause fuhr, brachte er mir immer eine Tüte Zichorienkaffee mit. Er hatte einen dicken, kahlen Schädel, eine breite Körpermitte und ganz kurze Beine, war immer lustig und gut gelaunt. Er stemmte die Hände in die Hüften, streckte den Bauch raus und sagte alberne Sachen, um uns zum Lachen zu bringen. Er sah aus wie ein Clown, aber er konnte sehr gut mit Pferden umgehen.

Eines Abends im Januar gingen ein paar von uns in eine Bar. Wir arbeiteten gerade auf einer Bahn in Michigan. Nach dem Essen sagte Mick: Ich werd schon mal das alte Mädchen auf Trab bringen, ging raus und kratzte das Eis von seinem Truck. Dann ging er zum Bezahlen rein und ließ den Motor laufen. Als er wieder rauskam, war der Truck verschwunden. Am nächsten Tag fand die Polizei das Auto komplett zerstört im Fluss. Mick sagte nur: Sie hat sich so richtig volllaufen lassen.

Ein paar Wochen später, nachdem ich alle Pferde abends mit Wasser versorgt hatte, machte ich mich auf den Weg von der Bahn zu meinem gemieteten Zimmer in der Stadt. Es war so kalt in Michigan, dass die Wassereimer zufroren – man musste sie vier-, fünfmal am Tag freischlagen. Ich hatte eine kleine Dachbox auf dem Truck, in der ich bei warmem Wetter schlief. Nachdem ich eine Meile gefahren war, klopfte jemand direkt hinter meinem Kopf ans Fenster. Ich hätte vor Schreck fast einen Unfall gebaut. Ich dachte: Jetzt werde ich umgebracht, aber es war Mick, der mir einen Streich spielte.

WO IST THORBY?

Viele meiner Freunde sind ums Leben gekommen. Viele meiner Freunde haben Stahlstangen in der Wirbelsäule. Einer hat sein Bein verloren, ein Jockey. Aber er galoppierte trotzdem weiter Pferde und ritt sie zum Start. Manchmal fiel ihm beim Reiten seine Beinprothese ab, und jemand musste loslaufen und sie für ihn einsammeln.

Es gibt eine Menge Leid und Medikamentenmissbrauch unter Pferdeleuten. Man bekommt mit, dass einige von ihnen Säufer sind. Sie kommen, um ein Pferd an den Start zu führen, und sind betrunken. Wenn sie sagen, dass sie Hunger haben, gibt man ihnen kein Geld. Man lädt sie ein, damit sie was zwischen die Kiemen bekommen.

Mein Leg Paint, die Flüssigkeit, mit dem ich die Beine meiner Pferde einrieb, enthielt Alkohol. Eines Morgens kam ich um vier Uhr in den Stall und dachte: Wo ist denn Thorby?

Schließlich fand ich ihn bewusstlos in einer der leeren Boxen. Ich dachte, er sei tot. Er hatte meinen Sattelschrank aufgebrochen und die ganze Flasche Leg Paint ausgetrunken.

Wenn man ein wildes Pferd dazubekam, gab man es Thorby – er sprang in den Sattel und johlte und schrie. Es war, als wäre er auf dem Rücken des Pferdes festgeleimt. Er ist kein einziges Mal abgeworfen worden. Die Pferde reagierten auf ihn. Eigentlich war Thorby ganz sanftmütig, aber wenn er betrunken war, fing er Streit mit einem Zigarettenautomaten oder einer Jukebox an.

MENSCHLICHES WUNDER

Meine Freundin Bobbie Mackintosh galoppierte im Training einen Dreijährigen, und der Dreijährige scheute. Bobbies Fuß verhedderte sich in den Steigbügeln, das Pferd zog sie hinter sich her. Sie brach sich das Genick – ein Henkersbruch. Sie hatte erst vor einer Woche geheiratet.

Bobbie wurde mit dem Rettungshubschrauber ins Krankenhaus geflogen. Lag vier Monate im Koma. Sie hatte eine Hirnverletzung. Als sie wieder aufwachte, war sie fast vollständig gelähmt, konnte nur noch die Arme bewegen. Sie musste erst mühsam wieder sprechen lernen. Natürlich hat ihr Mann sie verlassen. Hat sie ohne zu zögern abserviert.

Der Unfall war im Januar. Ende November erschien sie im Rollstuhl auf der Rennbahn. Sie durfte am Wettschalter arbeiten. Sie sprach sehr schleppend, aber sie wusste noch, wer ich war. Wir waren eine Zeit lang jeden Morgen um vier zusammen zur Rennbahn gefahren, damals, als wir beide im El Rancho Motel gewohnt hatten – sie und ihr Freund, und ich und der Idiot, mit dem ich gerade zusammen war. Sie war es auch, die mir die Ziegenmilch eingeflößt hatte, als ich so krank war. Ich kannte sie ziemlich gut.

Bobbie musste eine Operation nach der anderen über sich ergehen lassen und blieb für den Rest ihres Lebens in medizinischer Behandlung. Sie bekam einen Begleithund und heiratete auch wieder. Sie arbeitete ununterbrochen an der Kraft in ihren Armen. Man kann über sie im Internet lesen. Ihre Ärzte verfassten Aufsätze über ihre Entschlossenheit und wie sie Geschichte schrieb. Sie wurde bekannt als menschliches Wunder.

Letztes Jahr erst ist sie gestorben. Sie wollte ein Buch über ihr Leben schreiben. Sie stammte aus Minnesota.

ER LEBTE IN SAUS UND BRAUS

Eine Zeit lang ging ich mit einem Jockey aus – Tommy Blue – ein guter Jockey, ein herausragender Reiter, ein verrückter kleiner Cajun. Er aß gern im Preston, einem todschicken Steakhouse, freundete sich sogar mit dem Besitzer an. Immer, wenn Tommy vorbeikam, lud ihn der Besitzer zu Hummer und Steaks mit allem Drum und Dran ein, und Tommy aß und aß, bis er pappsatt war. Dann erbrach er alles wieder, um sein Gewicht zu halten.

Der Besitzer fing an, Tommy Sachen zu fragen wie: Na, geht da morgen was mit deinem Gaul? Und Tommy antwortete: Klar, ich glaub, die Chancen stehen gar nicht so schlecht. Alles ganz unschuldig am Anfang. Eher so höfliches Geplänkel. Aber dann fing Tommy an zu wetten, und ehe er sich's versah, wurde er den ganz großen Hechten vorgestellt, machte Versprechungen, gab Tipps, allerlei schmutziges Zeug – und nahm Geld dafür. Er lebte in Saus und Braus, kaufte maßgeschneiderte Anzüge und so – er war ein dermaßen winziger Kerl.

Aber früher oder später geht immer irgendwas schief – irgendein Außenseiter zieht vorbei und schlägt dich – und die Leute sind unzufrieden. Plötzlich hatte Tommy jede Menge Schulden. Man war hinter ihm her.

Als ich aus Kentucky zurückkam, ging ich ihn besuchen – wir waren immer noch gute Freunde. Er erzählte mir, er wolle sich umbringen, und beschrieb auch genau, wie er es anstellen würde. Ich schlug vor, zum Arzt zu gehen. Nein, Babe, war nur ein Scherz, sagte er. So was würde ich nie machen. Bist du dir sicher?, fragte ich. Aber natürlich, antwortete er. Ich bitte dich.

Eine Woche später erfuhr ich, dass er es getan hatte. Er hat mir gesagt, was er tun würde und wie und es dann getan – haargenau wie angekündigt.

ICH WOLLTE KEIN DRAMA

Steve Silver ist in der Hall of Fame des Galopprennsports, aber wenn er betrunken war, schlug er mich. Ich war sieben Jahre mit ihm zusammen. Er wollte mich nicht gehen lassen.

Wenn man auf einer Rennbahn arbeitet, hat man schnell mal ein blaues Auge, Schürfwunden, blaue Flecken – das ist ganz normal. Vielleicht hat der eine oder andere was geahnt, aber niemand hat mich darauf angesprochen. Ich wollte kein Drama. Doch dann überredeten mich eines Abends ein paar Freunde, mit ihnen und einigen anderen Rennbahnleuten noch was trinken zu gehen. Steve Silver tauchte auf und schrie rum und machte mir eine riesige Szene. Meine Freunde wollten das nicht hinnehmen. Er landete im Krankenhaus. Danach habe ich es endlich geschafft, mich von ihm zu trennen.

Heute bin ich mit seinem Sohn Trevor befreundet. Ein paar Jahre lang verbrachte Trevor die Sommerferien bei uns. Wir wohnten in Steves kleiner Fischerhütte am See, nicht weit von der Bahn.

Am Anfang hasste ich die Vorstellung. Ich mochte Kinder nicht besonders. Ich wollte nicht seine Mutter sein. Aber er half mir mit den Pferden – ich bezahlte ihn dafür, er packte mit an, er verdiente es sich – und wir wurden beste Freunde.

Nach dem Tod seines dämlichen Vaters haben wir wieder zusammengefunden. Trevor sagt immer: Du hast mich gerettet – du hast mich vorm Untergang bewahrt. Ich weiß nicht, ob ich ihn gerettet habe oder nicht. Ich bin nur ins Wasser gegangen und habe ihn mit zurück ans Ufer genommen.

NEUN

DIE RODEO-NUMMER

Old Cal Cantor hatte dermaßen ausgeprägte O-Beine – es sah aus, als würde er ständig auf dem Rücken eines Pferdes sitzen. Wenn er auf die Rennbahn kam, ging ich mit seiner Frau und seiner Tochter ins Dairy Queen. Cantor arbeitete mit Rodeo-Pferden, mit einigen der besten. Sein ältester Sohn Donnie war ein erfolgreicher Rodeo-Champion, der drittbeste der Welt. Connie Cantor, sein jüngerer Sohn, war ein Bulldogger, er rang sie beim Rodeo mit bloßen Händen nieder. Dann wurde Connie von einem Bullen aufgespießt, verlor ein Auge, und sein Gesicht war – ich weiß nicht, wie oft er operiert werden musste.

Cal Cantor sagte: Sonia, ich habe dich mit den Pferden gesehen, ich möchte dich einstellen. Ich hatte die Nase voll vom Rennbahnleben, also ging ich mit und fing auf seiner Ranch in South Dakota an. Sie lag direkt neben einem Reservat, rundherum nichts als flaches Land. Ich verstand, warum ihre Jungs Rodeostars geworden waren – diese Pferde waren wie Mustangs. Man musste ihnen Fußfesseln anlegen, wenn man ihnen die Hufe beschneiden wollte. Sie waren noch nie von Menschen berührt worden. Trotzdem erwartete Cantor von mir, sie einzureiten. Ich musste Ställe und Schuppen bauen, etwas, wovon ich nicht die geringste Ahnung hatte. Er ließ mich während eines Gewittersturms eine Startmaschine aus Metall sandstrahlen.

Ich arbeitete mit einem Indianer zusammen, Roger. Er hatte einen kaputten Rücken, aber Cantor holte noch das Letzte aus diesem tüchtigen Mann heraus. Cantor züchtete Rinder und Weizen, und er setzte Roger auf diesen holprigen Traktor und ließ ihn von morgens bis abends malochen. Roger lebte im Reservat. Am Zahltag kamen seine Verwandten auf die Ranch und versuchten, seinen Gehaltscheck einzukassieren, weil er einer der wenigen Menschen im Reservat war, die einen Job hatten.

Ein anderer Kollege war Harry Trulock, ein Quarter-Horse-Jockey aus Oklahoma. Cantor besaß viele Quadratmeilen Land – Koppeln mitten im Nirgendwo. Zu Harrys Aufgaben gehörte es, die Rinder von Koppel zu Koppel zu treiben.

Harry trank gern, und als er eines Tages nicht von der Range zurückkam, dachten alle, er sei auf Sauftour gegangen.

Am nächsten Tag sah ich beim Zaunziehen auf und dachte: Was ist das denn da, ein Reh?

Aber es war Harry Trulock, ausgedörrt, mit aufgesprungenen Lippen und knallrot verbrannter Haut. Er hatte sich verirrt. All diese Hektar Land, alles so wahnsinnig flach – alles, was man sieht, sind Stromleitungen. Harry konnte kaum allein vom Pferd steigen. Wir mussten ihn reintragen. Ich weiß nicht, wie er zurückgefunden hat.

JÄGER UND SPRINGER

Jedes Jahr kamen Dale und Chester Treska in ihren monogrammbestickten Hemden und schicken stromlinienförmigen Transportern zur Herbstauktion auf die Rennbahn, um Kandidaten für ihren Jagd- und Springpferdebetrieb auszusuchen. Jedes Mal machten sie mir Komplimente und sagten: Sonia, du musst weg von der Bahn, komm, arbeite für uns. Also kaufte ich mir, als ich Cantors Ranch verließ, ein Busticket nach Wilton, Wisconsin, doch beim Umsteigen ging mein Gepäck verloren. Das war ein Zeichen. Da stand ich nun und mistete in meinen besten Klamotten Ställe in Wisconsin aus, weil ich nichts anderes zum Anziehen hatte.

Die Treskas mochten Pferde mit einer schlechten Rennbilanz. Wenn ein Rennpferd gesund ist, läuft es nicht schnell genug, um sich zu verletzen. Und wenn es nicht über seine Grenzen hinausgeht und nicht so schnell läuft, wie es überhaupt kann, ist es für uns auf der Rennbahn nicht zu gebrauchten. Wir hofften immer darauf, dass uns die Jagd- und Springpferdleute diese Pferde abnahmen, damit sie ein besseres Leben hätten.

Die Treskas kauften so ein Rennpferd für achthundert Dollar, brachten ihm bei, über ein paar Hindernisse zu springen, und verkauften es sechs Wochen später für achttausend. Bracing Bill – zehn Riesen haben sie für ihn bekommen.

Sie hatten den guten Namen, die perfekten Voraussetzungen. Wohlhabende Familien kamen zu ihnen, um Pferde zu kaufen, aber auch wegen der Reitstunden – kleine reiche Kinder für fünfunddreißig Dollar pro Stunde. Die Reichen waren überglücklich – sie sagten: Wow, meine Tochter ist eine Reiterin. Aber nichts von dem Geld landete in meiner Tasche. Ich arbeitete für Kost und Logis, wohnte bei den Treskas im Haus. Sie behandelten mich wie eine Dienerin. Ich habe es zweieinhalb Monate ausgehalten.

Sie zogen gern über uns Rennbahnleute her, sagten, was für ein Haufen Gauner wir doch seien, dabei waren es oft genau ihre Pferde, die als Krüppel endeten. Und die Treskas pumpten sie viel schlimmer mit allem möglichen Zeug voll, als es die Rennbahnleute je tun würden.

ZEHN

ICH HATTE DIE WAHL

Ein paar Monate später war ich wieder zurück auf der Rennbahn und ritt ein Pferd zum Start. Ein anderes Pferd mit einem Jockey scheute und ging durch und rammte das Pferd, auf dem ich saß, von der Seite. Der Zusammenprall klang wie ein Gewehrschuss. Wir gingen alle zusammen zu Boden, und ich lag ganz unten.

Es geschah direkt vor der Tribüne, das Publikum war traumatisiert. Die Sanis reanimierten mich, sie mussten den Defibrillator benutzen. Es war eine Nahtoderfahrung.

Sie holten mich zurück ins Leben, doch ich lag im Koma. Ich verstand jedes Wort, konnte aber nicht reagieren.

Rennbahnleute gingen ein und aus, sprachen mit den Ärztinnen und Pflegern – wird sie es schaffen? Es heißt, der Gehörsinn verlischt als Letztes. Ich dachte, man würde mich lebendig begraben.

Ich hatte die Wahl zwischen Leben und Tod. Als ich mich fürs Leben entschied, wachte ich auf. Ich hatte große Schmerzen, eine Menge Verletzungen, einen Haufen innerer Blutungen. Fast alle meine Rippen waren gebrochen, meine Lunge kollabiert. Ich konnte nicht atmen, ich konnte nicht laufen.

Als mich das Krankenhaus dann irgendwann nach Hause schickte, musste ich von meiner Rennbahnfamilie gefüttert und versorgt werden, weil ich mich noch nicht mal allein aufsetzen konnte. In den ersten Wochen mietete ich einen Wohnwagen in einem Trailerpark nahe der Rennbahn, direkt neben dem Wagen von Tim Tucker und seiner Frau. Sie kümmerten sich gut um mich – die Tuckers und auch einige der Frauen der anderen Jungs. Sie fuhren mich zur Rennbahn, damit ich mich mit den Leuten unterhalten konnte, ein bisschen Sonne tanken. Einmal nahmen sie mich sogar mit in den Zoo.

SIE NEHMEN LIEBER DIE PISSE

Während ich langsam wieder gesund wurde, trieb ich mich auf der Rennbahn herum. Eigentlich darf man als Stallhilfe nicht in der Dopingkontrolle arbeiten, weil man versucht sein könnte, die Pisse eines Pferdes auf den Boden laufen zu lassen, sodass sie stattdessen Blut abnehmen müssen. Einige Substanzen lassen sich im Urin nachweisen, aber nicht im Blut, deshalb nehmen sie lieber die Pisse. Aber sie fanden eine Stelle für mich, damit ich ein bisschen Geld verdienen konnte. Während ich im Krankenhaus lag, hatte ich keinerlei Einkommen gehabt, und mein gesamtes Erspartes – ein ganz schöner Batzen – war ruckzuck dahingeschmolzen.

Als ich über Weihnachten eine Woche zu Hause war, rief mich ein Freund aus Nebraska an. Er hatte von meinem Unfall gehört und sagte: Du musst in Florida überwintern und für JR Boyd und die Ransom Farm arbeiten. Das war meine Chance, mit erstklassigen Pferden zu tun zu haben, mit erstklassigen Trainern. JR Boyd bezahlte mein Ticket, und ich flog hin.

Ich wurde als Pferdepflegerin eingestellt. Ich hatte jeden zweiten Nachmittag frei. Oh! Die Pferde waren dermaßen gut in Schuss! Ich rieb ein Pferd ab, das fünf Millionen wert war. Es war nicht nötig, sie ins Wasser oder ins Eisbad zu stellen, ihnen die Beine zu kühlen oder zu bandagieren. Alles war so einfach. Wenn ein Pferd in schlechter Verfassung war, gab ihm der Besitzer die notwendige Zeit zur Erholung, und wenn seine Renntage vorüber waren, verdiente der Besitzer sein Geld stattdessen mit den sexuellen Dienstleistungen des Pferdes.

ICH LASSE ALLES STEHEN UND LIEGEN, LADY!

Überall nur Reichtum. Der Besitzer der Yankees war unser Nachbar. Ich traf eine Menge berühmter Leute. Einige der wohlhabenden Besitzer waren ganz normale Menschen, sehr bodenständig, aber andere stolzierten geradezu mit ihren Hüten auf dem Kopf im Stall herum. Die Trainer trugen keine Jeans, die Trainer trugen Anzüge. Es war alles sehr gut organisiert.

Wenn ein Pferd in seine Box kackte, rannte der Pferdepfleger auf der Stelle los und beseitigte alles. Es war einem Trainer oder Besitzer schließlich nicht zuzumuten, dass er sein Pferd in einem Haufen Scheiße stehen sah. Man durfte in der Nähe der Tiere keine Mistgabeln benutzen – sie waren zu wertvoll, da riskierte man besser nichts –, also holte man das Pferd aus der Box und ging erst danach rein und entfernte die Haufen.

Wenn man Stroh einstreute, dann – es musste einfach perfekt sein. Man schlug auf das Stroh in den Boxen ein, bis man eine Münze davon hätte abprallen lassen können. Mrs. Milkie war mit einem goldenen Löffel im Mund geboren worden, und eines Tages – ich hatte ihrem Pferd gerade ein frisches Bett gemacht –, hörte ich sie rufen: O mein Gott, o mein Gott!

Ich ließ alles stehen und liegen und rannte hin, und auch JR Boyd kam angelaufen. Wir fragten: Was ist denn los? Was ist passiert? Und sie antwortete: Da steckt Stroh in Percivals Schweif!

BLÖDE KAMERAS, GROSSE LICHTER

Alle paar Wochen schickte ein lokaler Nachrichtensender ein Team zu uns auf den Hof. Wir brachten ein Pferd nach draußen, führten es vor und erzählten, von welchem Vater und aus welcher Mutter es stammte, wer sein Großvater war und so weiter, und das Pferd wurde immer nervöser, weil die Nachrichtenleute mit ihren Kabeln und Mikrofonen und blöden Kameras Idioten waren und das Tier mit ihren großen Lichtern blendeten.

Einmal stellte ich ein Pferd als Hell Mountain vor, aber nachdem die Nachrichtenleute wieder weg waren, kamen die Trainer zu mir und fragten: Hell Mountain? Wie kommst du denn da drauf? Das stimmt doch nicht.

Da unten haben sie einen derart ausgeprägten Akzent. Ich hatte gefragt, wie das Pferd heißt. Aber statt H-A-I-L hatte ich immer H-E-L-L verstanden.

In Florida gab es jede Menge Drogen. Wir bereiteten uns auf die Reise zum Kentucky Derby im Frühjahr vor. Die Arbeiter auf der Farm kauften Kokain, das sie dann in Louisville oder Lexington wieder verkauften. Es gab viele Bescheißereien rund ums Geld, viele illegale Machenschaften. Eine Menge Leute hielten sich so über Wasser.

SCHNAPP DIR DAS DING

JR Boyd war ein fünfmaliger Indy-500-Sieger. Sein Sohn trainierte die Pferde, aber es war sein alter Herr, der Rennfahrer, der mit seinem Geld die Farm aufgebaut hatte. Beide hießen JR Boyd, und dann war da noch der Jüngste, der Enkelsohn, den sie Hämorrhoide nannten.

Eines Tages kam so ein Grünschnabel vorbei und fragte nach einem Job. Das Mädchen wusste nicht viel über Pferde, aber sie liebte die Tiere und fand sie wunderschön – sie hatte als Kind Reitunterricht genommen. Der alte Boyd spuckte seinen Kautabak auf den Boden und sagte: Das sind keine Reitpferde. Aber das Mädchen war hübsch, also stellte er sie als Pferdeführerin ein.

Wenn man ein Pferd führt, muss man ihm eine Kette über die Nase oder unter die Lippen legen, um Druck auszuüben, sodass es klimpert – das Mädchen hatte Mühe damit. Der alte Boyd beobachtete das und sagte dann: Siehst du das Pferd da drüben? Er zeigte auf einen Hengst, einen kleinen Zweijährigen, dem der Pimmel raushing. Der Hengst klatschte ihn sich immer wieder gegen den Bauch.

Boyd sagte: Das Pferd kann so nicht laufen, er ist mit seinen Gedanken woanders. Du musst dich um ihn kümmern. Los, schnapp dir das Ding, du weißt doch, wie's geht. Oder ist das ein Problem?

Na ja, sagte der Grünschnabel: Nein.

Sie berührte den Schwanz des Pferdes, und der zuckte hoch und schlug – Bämm! – gegen seinen Bauch. Sie versuchte, ihn zu fassen zu bekommen, und wieder schwang er hoch und an seinen Bauch. Sie zog die Hand zurück. O mein Gott, sagte sie.

Boyd fuchtelte mit den Armen herum und rief alle zusammen – na los, schaut euch das Mädchen an, kommt her und seht euch das an.

MILLIONEN

Wir brachten die Pferde von der Trainingsfarm in Florida auf die Rennbahn nach Kentucky, und ich fuhr hinten im Trailer mit, um sicherzugehen, dass ihnen nichts passierte. Wir waren dreizehn, vierzehn Stunden unterwegs. Es gab keinen Sicherheitsgurt, nicht mal einen da hinten für mich, aber wenn man Pferdefleisch im Wert von vielen Millionen Dollar transportiert, werden die Vorschriften schon mal geschliffen. Immer, wenn eins der Pferde Heu mampfte, peitschte mir der Wind das staubige Zeug mitten ins Gesicht – ich musste eine Sonnenbrille aufsetzen. Sollte ich etwas brauchen, hätte ich Pech gehabt. Wenn wir zum Tanken anhielten, stieg ich aus und streckte mich.

Endlich erreichten wir das Ziel. Ransom Farm war wunderschön – sehr gepflegt. Ein riesiges Team arbeitete sieben Tage die Woche daran, alles in Schuss zu halten; sie wienerten, stutzten, harkten, fegten rund um die Uhr. Da waren Leute, die nichts anderes taten, als in den Stallungen Staub zu wischen. Es gab einen Pferdefriedhof mit lebensgroßen Bronzestatuen auf den Gräbern. Die Stalldächer waren mit Zedernholz verkleidet.

Am Eingang befanden sich große alte Eisentore, die sich öffneten, um einen einzulassen, wenn man zu den Glücklichen gehörte.

ES WAR EIN HARTES LEBEN

Die besten Pferde und die großen Rennen und die Zwillingstürme von Churchill Downs! Ich dachte: Das hier ist das Kentucky Derby, und ich bin mittendrin – ein Traum geht in Erfüllung. Ich habe unten angefangen und es bis ganz nach oben geschafft. Aber ich hatte eine andere Stellung als auf den schlechteren Bahnen – ich arbeitete als Pferdepflegerin, nicht als Trainerin.

In Kentucky gab es Schlafräume für die Stallleute, doch wer dort wohnte, musste sich an die Regeln halten – keinerlei Besuch, Licht aus um zehn. Ich hatte viele Freunde und saß gern mit ihnen beim Trainingsgeläuf zusammen und quatschte dummes Zeug, also zog ich stattdessen in eine Pferdebox mit Betonboden. Dort gab es eine kleine Wandheizung, Gitter an den Fenstern, eine große schwere Metalltür und eine Steckdose. Ich lebte aus dem Kochtopf und schlief auf einer Luftmatratze. Mit einem Auto wäre alles einfacher gewesen. Ich hätte mir wirklich eins zulegen sollen.

Die Arbeit war leichter, die Pferde waren gesünder, die Rennbahnen umwerfend. Es gab sogar einen Bus für die Stallleute, der uns an den freien Nachmittagen ins nächste Einkaufszentrum brachte. Plötzlich hatte ich jede Menge Freizeit. Ganz anders als damals, als ich noch über die maroden Bahnen getingelt war. Aber als Trainerin und Arbeitsreiterin hatte ich auf diesen schlechteren Bahnen mehr Erfolg gehabt. Plötzlich dachte ich: Wow – das hier soll es also sein? Es ist schrecklich. Ich will das nicht mehr.

ICH VERSUCHTE, EIN GANZ NORMALER MENSCH ZU SEIN

Über viele Jahre ist man ausschließlich mit Rennbahnleuten zusammen. Man hat keine Zeit für die Familie. Die romantischen Beziehungen sind kurzlebig, denn ein rollender Stein setzt kein Moos an. Es ist hart, es ist zermürbend, es ist voller Höhen und Tiefen. Ich hatte mich immer wieder verletzt. Ich wäre um ein Haar gelähmt gewesen. Die Ärzte hatten es oft genug betont – es hatte nicht viel gefehlt.

Ich vermisste meine Eltern. Sie wurden immer älter. Mein Vater hatte Diabetes, dann wurde bei meiner Mutter Darmkrebs diagnostiziert. Meine Schwester war in einer psychiatrischen Anstalt – sie konnte nicht helfen.

Ich glaube, ich war zufrieden damit, wie alles gelaufen war. Meine Eltern hatten eine Menge für mich geopfert. Jetzt war es an der Zeit, etwas für sie zu tun. Also kehrte ich nach Hause zurück und versuchte, ein ganz normaler Mensch zu sein. Ich besorgte mir einen Job in einer Fabrik.

Nette Kollegen, angenehme Arbeitszeiten, regelmäßiger Gehaltscheck – leider war er nicht besonders groß, und es gab keine Chance, ihn zu verbessern. Es war ein eher kleines Unternehmen, ein Familienbetrieb. Sie zahlten, was sie zahlen konnten.

Ich hatte immer noch Rowdy, und dann kam Mick dazu, ein Quarter Horse von der Turnpike Ranch in Montana. Ich ließ die Pferde nicht sein, nachdem ich die Rennbahn verlassen hatte – es war nur einfach anders. Ich hatte meine Pferde nur noch zum Vergnügen. Keith Baxter war gestorben – Lungenkrebs –, deshalb brachte ich die beiden im Stall von Bruce Wexford unter. Bruce war in seinen Achtzigern, Halbindianer, fit wie ein Turnschuh – ein cooler alter Cowboy, ein ehemaliger Rodeoreiter. Er war mein Freund.

Nach ein paar Monaten zu Hause bekam ich ein Angebot von einer erstklassigen Zuchtfarm in Florida – aber wie langweilig. Immer dieselben alten Pferde, dieselben alten Gesichter, Tag für Tag, Monat für Monat. Auf der Rennbahn waren es Hunderte von Menschen gewesen, Hunderte von Pferden. Ich sagte ab. Am nächsten Morgen um neun meldete ich mich zur Schicht, und um fünf wieder ab.

DAS PFERD BRACHTE MIR ETWAS ÜBER DAS LEBEN BEI

Nach meiner Rückkehr hatte ich noch ein Jahr mit Rowdy. Er war fünfunddreißig, als er starb. Selbst beim Sterben war er stur. Er wollte leben. Ich saß neben ihm auf dem Boden und hatte meine Hände auf seine Seite gelegt. Wir waren achtundzwanzig Jahre zusammen gewesen.

Ich hatte einen Freund, der mit Tieren sprechen konnte, und irgendwann mal kam er raus zu mir in den Stall. Ich saß neben Rowdy auf der Weide und sah ihm beim Grasen zu. Mein Freund schickte mich weg und sagte etwas in Rowdys Ohr. Danach folgte mir Rowdy überallhin, wie ein Hund.

Das macht er sonst nie, sagte ich. Was hast du zu ihm gesagt?

Ich habe ihn gefragt, ob er dich lieb hat, antwortete mein Freund.

Ein paar Monate nach Rowdys Tod brachte Bruce Wexford einen kleinen Mustang mit, den er bei einem Rodeo in Minnesota gekauft hatte. Chico war in einer dermaßen schlechten Verfassung, dass wir erst darüber abstimmen lassen mussten, ob wir ihn überhaupt in Wexfords Stall unterbringen durften. Gerade erst raus

aus der Quarantäne in Mexiko, hatte er Druse bekommen. Er war nur noch Haut und Knochen und total vernarbt – von oben bis unten mit Brandzeichen übersät.

Ich habe ihn Bruce schließlich abgekauft. Wenn ich nicht in der Fabrik war, arbeitete ich mit ihm. Er legte wieder zu, wurde ruhiger.

ELF

MISTER BAKER

Kurz darauf lernte ich einen Mann kennen, der ganz in Ordnung zu sein schien. Mir gefiel, dass er gern campen ging und es mochte, in der Natur zu sein. Ich zog bei meinen Eltern aus, und wir mieteten eine kleine Wohnung. Doch mit der Zeit wurde sein Verhalten immer seltsamer, und irgendwann hatte ich genug und teilte ihm mit, dass ich ausziehen würde. Es ist erst vorbei, wenn ich sage, dass es vorbei ist, antwortete er, und am nächsten Tag versuchte er, mich in der Sattelkammer von Bruce' Stall umzubringen.

Ich reinigte gerade Chicos Zaumzeug, da stand er plötzlich hinter mir. Er schlug mich nieder, setzte sich auf meine Brust, wickelte mir ein Seil um den Hals. Langsam zog er es fester und fester, und als ich fast ohnmächtig wurde, lockerte er es wieder ein bisschen, damit ich etwas Luft bekam. Er hatte ständig davon gesprochen, wie sehr er seine Mutter vermisste – sie war gestorben, als er noch ein Kind war. Ich spuckte Blut, aber ich sagte: Deine Mutter, was würde sie jetzt denken? Das brachte ihn aus dem Konzept. Er ließ das Seil fallen, sprang auf sein Fahrrad und verschwand.

Ich lag immer noch auf dem Boden, als Bruce zurückkam. Meine Augen waren ganz rot, und ich hatte Striemen und Kratzer am Hals. Bruce sagte: Was zum Teufel ist denn hier los?

Auf dem Polizeirevier machten sie Fotos von meinen Verletzungen. Ich gab ihnen den Namen des Kerls, seine Beschreibung. Sie spürten ihn noch am selben Nachmittag auf und steckten ihn ins Gefängnis. Aber am nächsten Tag rief mich während meiner Mittagspause in der Fabrik eine Frau von der Polizei an. Ich wollte Sie nur wissen lassen, dass Mr. Baker – *Mister* Baker – wieder entlassen worden ist, sagte sie.

Danach konnte ich nicht mehr in den Stall gehen, ohne dass Bruce mit seiner Schrotflinte dabei war. Seine Hände zitterten wie verrückt, aber er stand da und passte auf, während ich Chico und Mick versorgte. Zu Hause bewahrte mein Vater einen geladenen Revolver neben dem Stuhl in seinem Zimmer auf. In den anderen Zimmern hatte er Baseballschläger deponiert.

Dann hing eines Tages meine Lieblingskatze aufgeknüpft an einem Balken im Stall. Bruce sagte: Als Nächstes wird er deine Pferde töten. Kurz darauf grasten Mick und Chico auf der Weide, als sich Chico plötzlich aufbäumte und in die Luft trat, und ich sah Baker, der wie ein Hund auf allen vieren zwischen ihnen herumkroch.

Ich lief zum Stalltelefon und rief die Polizei. Der Sheriff rückte mit Verstärkung an, und wir gingen alle zusammen auf das schlammige Feld hinaus und sahen uns um. Bruce sagte: Hier ist ein Zehenabdruck, dort ist der Knieabdruck. Sieht so aus, als wäre er weg, antwortete der Sheriff.

In der Nähe stand ein leerer Getreidewagen, an dem eine Leiter lehnte. Einer der Deputies kletterte hinauf, aber als er auf halber Höhe der Leiter war, sprang Baker oben vom Wagen und fuchtelte mit einer kleinen Axt herum. Er rannte in die Schlucht hinter Bruce' Stall. Die Deputies schossen nicht auf ihn. Ein Beamter gab Bruce einen Schlagstock, und sie durchsuchten zusammen den sumpfigen Wald, aber Baker war schon weg.

Die ganze Nacht über hörte ich den Polizeifunk ab. Baker wurde bei der Brücke gesehen, Baker wurde bei der Schule gesehen. Dann war Baker verschwunden.

Sie fanden heraus, dass er aus dem Bundesgefängnis entflohen war – sie hatten gedacht, er sei ertrunken. Jeden Tag wurde ich jetzt auf dem Weg zur Arbeit und zurück von einem Streifenpolizisten begleitet. Ich musste meine Arbeitszeiten ändern, damit sie zu seinem Dienstplan passten. Meine Pferde mussten ins zwanzig Meilen entfernte Waterfield umziehen. Ich konnte nicht mehr ausgehen und mich amüsieren. Ich sah mich ständig nach allen Seiten um. Es zermürbte meine Eltern – ich las es in ihren Gesichtern.

Und wissen Sie was? Ich ging ans College. Ich wollte eine Ausbildung im Justizvollzug machen. Ich dachte: Meine Rechte sind verletzt worden, jetzt werde ich rausfinden, wie das System funktioniert. Ich werde mich auf keinen Fall verstecken.

DIESER VERSAGER

Ich studierte Justizvollzug in Teilzeit. Es lief ganz gut, ich hatte nur Einsen und Zweien. Meinen Lebensunterhalt finanzierte ich durch die Vollzeitstelle in der Fabrik. Ich war vierzig, einundvierzig Jahre alt.

Ich machte ein Praktikum in einer Resozialisierungseinrichtung für Menschen, die frisch aus dem Gefängnis kamen. Ich wollte ihnen direkt zeigen, was Sache ist, weil ich dachte, sie wären wie er. Ich wollte in ihre Köpfe rein. Aber es waren hauptsächlich bettelarme Drogenabhängige.

Die Frau in der Einrichtung sagte: Sonia, warum suchst du dir nicht einen Job im Gefängnis? Ich habe selbst in einer Strafvollzugsanstalt gearbeitet – gute Bezahlung, besser als ein Polizist. Denk doch mal drüber nach. Man macht ein paar Tests – man muss eine bestimmte Prozentzahl erreichen. Die Prüfung dauert nur vier, fünf Stunden, sagte sie, und wenn man sie besteht, kann man Arbeit als Vollzugsbeamtin bekommen.

Ich dachte: Das klingt doch gut. Vielleicht taucht eines Tages dieser Versager an den Gefängnistüren auf, und da stehe ich dann und sage: Na, da bist du ja endlich.

BEI DEN MÄNNERN

Zwei Gefängnisse luden mich zu einem Vorstellungsgespräch ein – Jasper City, ein Frauengefängnis, und die staatliche Vollzugsanstalt Onakona, ein Männergefängnis.

Im Frauengefängnis saß ich mit dem Gefängnisdirektor an einem langen Tisch in einem großen Raum. Er stellte mir jede Menge Fragen und sagte, er werde sich bei mir melden. In Onakona stellten sie mich auf der Stelle ein. Ich absolvierte den Drogentest, und sie untersuchten meinen Urin und mein Blut. Ich besuchte einen Kurs auf ihrer Gefängnisakademie, und sie versorgten mich mit jeder Menge Informationen. Dann bekam ich mein Zertifikat und fing an zu arbeiten.

Ich reagierte auf Notrufe, trug meinen Teil dazu bei, für Ruhe zu sorgen. Ich geriet mitten in eine Messerstecherei. Ich kriegte es hin. Ich war fit und kräftig. Manchmal erreichte ich mehr, eben weil ich eine Frau war.

In einem Hochsicherheitsgefängnis arbeiten nicht viele Frauen, und die Insassen – man kann es ihnen nicht verdenken. Sexuelles Fehlverhalten, Schwanz zeigen.

Man schreibt sie auf, man ignoriert sie. All die Jahre auf der Rennbahn. Ich war an so was gewöhnt.

Ich musste sie beim Duschen beaufsichtigen, sie waren splitternackt. Ich weidete mich nicht daran. Ich war dafür eingeteilt. Man tut, was man tun muss.

Es war mir nicht peinlich, und wenn doch, dann zeigte ich es nicht.

LA VEDETTE

Man sieht ein paar wirklich heftige Sachen. Alle Arten von unmenschlichen Verhaltensweisen. Nach einer Weile verändert es einen. Man stumpft irgendwie ab.

Es gab eine Menge niederträchtiger Kollegen – sie waren schlimmer als die Häftlinge. Einige der Beamten taten ihren Frauen und Kindern furchtbar sadistische Dinge an. Da waren Gefangene, die saßen zwanzig Jahre für eine Marihuana-Zigarette ab, und dann rauchten Wärter in ihrer Mittagspause einfach so auf dem Parkplatz einen Joint.

Es gibt Häftlinge, auf denen wird ständig herumgehackt – die Schmächtigen, die mit psychischen Problemen. Den Beamten ist es egal, ob sie ihre Medikamente nehmen oder nicht. Sie lassen sie gern paranoid und zu Tode verängstigt durch die Gegend laufen. Man bekommt mit, wie Gefangene versuchen, sich aufzuhängen. Einige schaffen es auch.

Jemand wird im Treppenhaus vergewaltigt oder kriegt das Geld abgenommen, das seine Familie ihm schickt – niemanden interessiert's. Alles ist immer nur Kampf,

Kampf, Kampf. Man sieht eine Menge, und manches bleibt in den Kleidern hängen.

Da war ein Häftling, dessen Frau und Kinder an Weihnachten ums Leben kamen. Sie hatten ihn besucht und waren auf dem Weg zurück nach La Vedette. Die Straßen waren vereist, und sie wurden bei einem Unfall auf der Autobahn getötet.

Ich musste den Häftling an dem Abend aus seiner Zelle holen und zum Seelsorger führen, der ihm die Nachricht überbrachte. Zuerst dachte der Häftling, es ginge darum, dass sein Großvater gestorben sei.

Ich wünschte, es wäre dein Großvater gewesen, dachte ich. Ich sagte: Es tut mir so leid.

Am nächsten Tag wurde ich einbestellt. Mein Vorgesetzter wollte wissen: Haben Sie etwa Mitgefühl mit diesen Sträflingen?

IHR SCHWARZER SCHNURRBART

Die hohen Tiere bläuten uns ein: Glaube niemals einem Sträfling. Aber sowie ein Häftling zu einem anderen Häftling sagte: Sie mag mich, oder: Sie hat mich angelächelt, mussten sie eine Untersuchung einleiten. Ich wurde immerzu überprüft.

Es war nicht unbegründet. Einige der Beamtinnen, der Krankenschwestern oder der Anwältinnen – sie verliebten sich. Das kommt vor. Doch genauso oft gab es auch Beziehungen zwischen Häftlingen und männlichen Beamten, aber bei diesen Beamten gab es nie eine Untersuchung. Darüber sprach keiner.

Je mehr man verdient, desto fauler wird man. Einige der Beamten saßen die ganze Zeit einfach nur rum und spielten Karten, während ich ihre Arbeit für sie erledigte. Ich fand selbst gebaute Stichwaffen, selbst gebrauten Schnaps. Danach schikanierten sie mich, weil ich sie schlecht aussehen ließ.

Einmal habe ich eine Schlägerei beendet. Ich hatte den Kerl zu Boden gebracht und ihm Handschellen angelegt, bevor irgendjemand anderes aufkreuzte. Der Captain sagte: Gute Arbeit, aber lassen Sie es sich nicht zu Kopf steigen. Er sagte: Ihr Frauen seid nur hier, weil das Gesetz es so vorschreibt.

Die Strafvollzugsanstalt Onakona ist riesengroß, dunkel, alt – sie sieht aus wie ein Schloss. Sie besteht aus Steinen, die aus den Klippen am Fluss gehauen wurden. Die ersten Gefangenen schlugen die Steine aus dem Felsen, schleppten sie heran, stapelten sie aufeinander, mauerten sich selbst ein.

Eine Zeit lang saßen auch Frauen hier ein. Einer jungen Frau gelang die Flucht – sie war zu siebenunddreißig Jahren Haft verurteilt worden, weil sie ihren Mann vergiftet hatte. Sie hatte sich aus dem Stoff, aus dem sie Häftlingsuniformen machen sollte, einen Männermantel und ein Paar Hosen genäht. Bevor sie verschwand, sah man sie noch über die Hauptstraße der Stadt flanieren – und sich dabei lässig den schwarzen Schnurrbart zwirbeln.

BLOND, SÜSS AUSGEPRÄGTE GRÜBCHEN

Die Jahre vergingen. Dann trieb eines Tages ein Farmer in den ersten Frühlingstagen sein Vieh auf die Weide und stolperte über das, was von Baker noch übrig war. Endlich fand ich etwas Ruhe.

Die Weide, auf der seine stinkenden Überreste gefunden wurden, lag direkt hinter Bruce' Stall. Es hieß, er habe einen Herzinfarkt gehabt. Er hatte darauf gewartet, dass ich zurückkomme.

Zuerst dachten sie, es könnte sich vielleicht um die Leiche von Kellie Lankershim handeln, die seit Jahren vermisste Moderatorin der Lokalnachrichten.

Die Schlampe erinnert mich an meine Ex-Freundin, hatte Baker oft gesagt, wenn wir die Sechs-Uhr-Nachrichten sahen. Er trug ein Foto der Freundin in seiner Brieftasche mit sich herum, und einmal zeigte er es mir. Sie sah Kellie Lankershim tatsächlich ziemlich ähnlich – blond, süß, ausgeprägte Grübchen.

Kellie verschwand in der Woche, nachdem Baker mich im Stall angefallen hatte. Und wissen Sie was? Ihre Wohnung lag im selben Komplex am Fluss, in dem auch einer von Bakers Drogenfreunden wohnte. Dieser

Freund fuhr einen weißen Lieferwagen. Am Morgen von Kellies Verschwinden hatte jemand gesehen, wie ein weißer Lieferwagen den Parkplatz verließ, auf dem man später Kellies Handtasche und Schlüssel fand.

Als ich das hörte, ging ich zur Polizei und erzählte ihnen, was ich wusste. Aber sie hörten mir nicht zu, und sie haben sie nie gefunden.

Eine Zeit lang schloss ich mich der Suche nach Kellie Lankershim an. Systematisch durchkämmten wir die Wiesen und Wälder. Ich sprach mit Kellies Schwester und Mutter. Ich wollte wirklich etwas tun.

ZWÖLF

ONAKONA

Bei meiner Arbeit im Gefängnis erreichte ich einen Punkt, an dem ich mich selbst nicht mehr leiden konnte, also kündigte ich. Aber vorher lernte ich noch Jerry kennen; er war auch Justizvollzugsbeamter. Er hörte ein paar Jahre nach mir auf. Wir gingen zusammen auf Flohmärkte und freundeten uns mit ein paar der Händler an. Sie meinten: Ihr beiden solltet auch einen Stand aufmachen. Und das machen wir jetzt – an den Wochenenden fahren wir durch die Gegend und verkaufen Sachen.

Wir blieben in Onakona wohnen. Wir kauften ein kleines Haus auf dem Land, oben auf einem Hügel. Von unserer Veranda aus können wir viele Meilen weit sehen. Es gibt Adler und Rehe, und nachts hören wir die Kojoten heulen. Da ist eine hübsche kleine Einkaufsstraße in der Innenstadt, und ganz in der Nähe liegt der wunderschöne Mahaskah State Park.

Der Maler des Bildes *American Gothic* wurde in Onakona geboren, und sein Grab ist auch hier. Er war schwul und mit einer Frau verheiratet. Als sie sich scheiden ließen, verstieß die Familie den Maler. Er wollte nicht bei seiner Familie begraben werden, aber er landete trotzdem im Familiengrab unter ihrem großen Steinlöwen. Sein Grabstein ist nur ein kleines Quadrat mit seinem Namen und den Jahreszahlen. Er wollte nichts Ausgefallenes.

Später haben sie die örtliche Schule nach ihm benannt. Auch ein jährliches Kunstfestival findet ihm zu Ehren statt. Er wuchs in einem Haus nicht weit von meinem auf. Es heißt, er habe dort auf Steine gemalt, und wenn man Glück hat, findet man einen.

Eine Zeit lang hatte ich Chico und Mick in einem Stall ganz in der Nähe untergebracht. Sie weideten auf derselben Weide, auf der dieser Maler früher immer vor seiner Staffelei und seiner Leinwand auf seinem kleinen Klapphocker gesessen hat. Die Weide sieht aus wie eins seiner Bilder – hügelig, sanft geschwungen, tiefgrün. An einem Ende der Wiese steht eine verfallene Scheune mit einem Wandbild des Malers darauf, aber niemand unternimmt etwas, um es zu erhalten, und inzwischen ist es kaum noch zu erkennen.

BEI JEDEM WETTER

Letztes Jahr starb mein Vater, und ich holte meine Mutter mit ihrem neuen Krebs zu uns. Viele Jahre hatte sie einen anderen Krebs gehabt. Sie starb am 13. Mai, einen Tag nach Muttertag.

Als ich damals von zu Hause wegging, um auf den Rennbahnen zu arbeiten, konnte ich Rowdy nicht mitnehmen – ich ließ ihn bei Baxter, wo er gut aufgehoben war. Jahr um Jahr fuhr meine Mutter mehrmals in der Woche zum Stall, um Rowdy zu bürsten und mit ihm zu reden. Normalerweise stieg sie im Winter nie ins Auto – sie nahm den Bus zur Arbeit, sobald es das erste Mal schneite –, aber zu Rowdy fuhr sie bei jedem Wetter, ganz egal ob gut oder schlecht.

Sie ging mit ihm spazieren und brachte ihm Leckereien mit. Er hatte einen schönen Stall, eine schöne Box, einen beheizten Wassereimer. Als er älter wurde, durfte er nachts im Stall bleiben, und wenn es kalt war, auch tagsüber. Irgendwann musste er mehrmals pro Woche mit einem warmen Brei aus Futterkleie und einem hochdosierten Vitamincocktail versorgt werden. Als er Arthrose bekam, schickte ich ihm Butazon-Tabletten, die meine Mutter in einer Kaffeemühle zerkleinerte und mit Pancake-Sirup vermischte. Sie füllte das Gemisch in eine große Fütterungsspritze und spritzte es ihm seitlich ins Maul.

Als Kind feierte ich Geburtstagspartys für Rowdy, und nachdem ich weg war, machte meine Mutter das für mich. Sie schoss Fotos von ihm und schickte sie mir auf die Rennbahn. Er hatte einen Geburtstagshut auf, vor ihm lagen Ingwerwaffeln, Melassekekse und Muffins, und sein Maul war voller Zuckerguss.

Meine Mutter konnte einen schlechten Tag haben, eine stressige Woche, aber sobald sie bei Rowdy war, fühlte sie sich sofort besser. Rowdy und ich haben eine Menge Geheimnisse, sagte sie immer.

ES IST NICHT WIE BEI EINER KATZE

Chico und Mick sind beide vor ein paar Jahren gestorben. Nun habe ich keine Pferde mehr. Wir sind ständig beim Arzt, wegen Jerrys Gesundheit, und auch ich hatte mit ein paar Sachen zu tun. Die Wochenenden verbringen wir auf dem Flohmarkt. Es ist nicht wie bei einer Katze, der man ein Katzenklo hinstellt, einen kleinen Napf mit Futter und Wasser. Wenn man ein Pferd hat, muss man bei ihm sein.

Damals, als die Preise für Schlachtvieh noch hoch waren, war ein Pferd pro Pfund mehr wert als eine Kuh – die Leute hielten sie als Mastvieh zum Schlachten. Dann machte das große Schlachthaus in Texas dicht, und die Preise fielen ins Bodenlose. Plötzlich gab es überall kostenlose Pferde – das Internet war voll davon. Mein Telefon klingelte wie verrückt, weil die Leute mir ihr Pferd schenken wollten. Aber so etwas wie ein kostenloses Pferd gibt es nicht.

Es heißt, Pferderennen seien grausam, aber unter Amateurpferdehaltern gibt es weitaus mehr Fälle von Grausamkeit. Keiner kennt sich aus mit Hufpflege, mit Zahnpflege. Sie glauben, sie können ein Pferd einfach so auf die Wiese stellen, aber wenn es nicht genug Gras gibt, verhungert das Pferd. Nachbarn von mir fütterten ihre Pferde mit Brot vom Brotwagen. Als eins der Pferde starb, rief ich bei den Behörden an. In der Zwischenzeit starben auch die anderen an Unterernährung. Es mussten erst drei Pferde tot daliegen und verrotten und ich mir die Finger wund telefonieren, bis endlich jemand kam, um die Sache zu untersuchen. Aber es gab keine Strafe, keine Konsequenzen. Nichts.

STAUDENPFLANZEN

Diese Woche war ich sehr beschäftigt, aber ich will Ihnen unbedingt noch die Fotos von Rowdy schicken. Meine Cousins waren hier, und vorher habe ich noch die Teppiche shampooniert.

Einmal hat's geschneit. Letzte Woche war alles mit Puderzucker bedeckt. Es ist viel zu früh dafür. Wir hatten noch keine Zeit, die Blumen reinzustellen oder die Beete zu mulchen. Meine Topfpflanzen sind erfroren. Einen der großen Rosmarinsträucher habe ich mit meinem Mantel abgedeckt, aber die anderen sind eingegangen. Natürlich werden einige der Staudenpflanzen überleben, auch wenn sie für diese Breiten nicht geeignet sind. Heute sollen es fünfzehn Grad werden.

Die Amish legen die Reihen mit so einem gummiartigen Stoff aus, um das Unkraut einzudämmen. Dieses Jahr habe ich das nicht getan und eine Menge Erdbeeren verloren. Im nächsten Frühjahr sollten wir vielleicht Hochbeete anlegen.

Gestern Abend haben Jerry und ich einen echten Krimi über JR Boyd und die Ransom Farm im Fernsehen gesehen. Das hohe Tier zu meiner Zeit bei Ransom war JR

Boyds Freund, BJ Bundy. Die beiden sprangen gern in ihren Jet und flogen, wohin sie gerade wollten. Sie warfen das Geld nur so aus dem Fenster, und Bundy war ein miserabler Verwalter – er nahm immer weitere Kredite auf.

Galewood war ihr wertvollstes Pferd, doch dann ist es unter mysteriösen Umständen gestorben, und alles brach auseinander. Ransom ging den Bach runter. Alle dachten, Bundy hätte Galewood wegen der Versicherung umgebracht, aber es wurde nie etwas bewiesen.

WEISST DU NOCH?

Vor Kurzem gab es in Horsemen's Park ein großes Wiedersehenstreffen aller Rennbahnleute. Ich wollte hin, aber wenn man hingeht, will man am Ende doch wieder nur auf die Rennbahn zurück. Der Galoppsport, heißt es, bleibt einem für immer im Blut. Noch heute träume ich oft davon.

Ich habe meine Leute aus Nebraska. Ich habe meine Freunde aus Florida und Kentucky. Jemand sagt: Hey, weißt du noch der-und-der? Meistens geht es um ein Pferd, aber manchmal ist auch eine Person gemeint.

Rod Greer: Er ist seit fünfunddreißig Jahren dabei. Es gibt Jockeys, die keine Jockeys mehr sind, aber trotzdem noch Pferde galoppieren. Es gibt Pferdepfleger, die sich eine kleine Auszeit genommen haben und dann wieder auf die Bahn zurückgekehrt sind. Trainer besitzen immer noch Rennpferde, aber sie beauftragen jemand anderen mit dem täglichen Training. Einige haben Söhne oder Töchter in der Branche. Ein paar der Hengste, die ich versorgt habe, zeugen noch immer Nachkommen. Diese Fohlen laufen heute Rennen.

Wenn man in meinem Alter ist, hat man eine Menge Verletzungen hinter sich. Und wo Verletzungen sind, folgt Arthritis. Es hat mich ein paar Mal ordentlich erwischt, aber ich finde, ich bin insgesamt noch ganz gut weggekommen. An einem regnerischen Tag wache ich manchmal auf und denke: Jetzt erinnere ich mich wieder dran. Ich spüre es genau hier.

EINE GANZ BESONDERE SPRACHE

Wenn ich Jerry Geschichten aus meinem Rennbahnleben erzähle, sagt er nicht viel dazu. Für Leute, die nicht dabei gewesen sind, ist es nur schwer zu verstehen. Auf der Rennbahn gewöhnt man sich eine ganz besondere Sprache an. Wenn ich an den Feiertagen nach Hause gekommen bin und mit meiner Familie geredet habe, ergab für sie nichts von dem, was ich sagte, einen Sinn. Was?, fragten sie. Hä? Wie meinst du das?

Ein Pferdemensch sagt nicht: Wir haben das Rennen gewonnen. Er sagt: Wir gewinnen. Es ist kein korrektes Englisch. Es heißt nicht: Wir haben gewonnen. Es heißt nicht: Wir werden gewinnen. Das Rennen ist bereits vorbei, es wurde bereits gewonnen, aber wir sagen: Wir gewinnen, wir gewinnen, wir gewinnen.

NACHWORT

Boxenstart basiert auf persönlichen und über das Telefon geführten Gesprächen, die in den Jahren 2018, 2020 und 2021 aufgezeichnet wurden. Mit Sonias Erlaubnis habe ich diese Aufnahmen transkribiert und als Grundlage für dieses Buch verwendet – ein rein fiktionales Werk. Ich empfinde tiefe Dankbarkeit gegenüber Sonia – und meiner Mutter, die uns einander vorgestellt hat.

Kathryn Scanlan

PRESSESTIMMEN

»Ein fesselndes Eintauchen in eine so ganz andere Welt. Unbedingt lesenswert.« Lydia Davis

»Ich kann mich an keinen Roman über die Arbeitswelt erinnern, der mich je dermaßen beeindruckt hätte.« Sydney Morning Herald

»Überbordend vor Leben.« The Observer

»Scanlan gelingt es, die Essenz dessen einzufangen, was die menschliche Existenz ausmacht.« Tash Aw

»Ein vor Leben vibrierender Roman, der auf eindringliche Weise zahlreiche gesellschaftliche Fragen aufwirft.« Le Monde des Livres

»Scanlan verwandelt Leben in Kunst.« Irish Times

»Ein Roman über ein beeindruckendes Leben, das von einer wortgewandten Schriftstellerin in große Kunst verwandelt wurde.« Elle

»Kathryn Scanlans Name steht neben Lydia Davis und Mary Gaitskill in dem großen Pantheon der Autorinnen und Autoren, die auf wenigen Seiten erreichen, was manche in Hunderten von Seiten nicht schaffen.« Vice

»Ein außergewöhnlicher Roman, unsentimental und zutiefst menschlich.« Guardian

»Kathryn Scanlan bringt die banalen Details des Alltagslebens zum Leuchten.« The Telegraph

»Ein wunderbar einfühlsames Fenster in ein faszinierendes Leben am Rande der Gesellschaft.« 4columns

»Was für ein Triumph!« Financial Times

»Dieser kurze, intensive Roman ist gleich in doppelter Hinsicht gelungen: als überzeugendes Porträt einer Frau in einer männlich dominierten Arbeitswelt und als authentische Beschreibung der unbekannten Welt des Pferderennsports.« Femme Actuelle

»Dieses Buch verrät uns drei Dinge: Das Leben ist kurz, es lohnt sich, ihm Aufmerksamkeit zu schenken – und Kathryn Scanlan ist eine verdammt gute Autorin.« Jon McGregor